World of Palma
フロンティアダイアリー
FRONTIER DIARY
～元貴族の異世界辺境生活日記
鬼ノ城ミヤ
Illustration 狂zip

目次

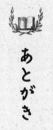

一章　こうして放浪の日々が始まったのですが

僕の名前は、サファテ・グリード。

広大なパルマ王国の首都・王都パルマの大貴族、グリード家の次男にあたる。

グリード家は、王都内の貴族たちで構成されている「貴族院」の中でも非常に発言力が強く、貴族院の至高の四家『四公』の筆頭の地位にある名門だ。

そんな貴族の家に生まれた僕は、全寮制の王都魔法学園へと進学した。貴族家の子息であれば、貴族院学園へ進学し、貴族に関する講義を受講する傍ら、他の貴族家の子息である学友達と友好を深め人脈作りを行い、卒業後は貴族院で働くのが当たり前とされている。

……でも、どうしても貴族の世界に興味を持てなかった僕は、あえてその道を選ばず、幼少の頃から興味を持っていた魔法学の道へ進むことを選択した。

学校で魔法薬学を専攻した僕は、治癒魔法学や一般講義枠の地方都市行政学や地方都市経営学など、興味を持った講義はかたっぱしから受講した。貴族院学園へ進まなかったため、実家からの支援を一切受けることが出来なかった。そのため学生時代の僕は、王都の商店街組合や冒険者組合で事務仕事の手伝いをさせてもらい学費を稼ぎ学校へ通っていた。

学園を卒業した後、幸いにも同学園の教員として採用された僕は、王都魔法学園の教員として働きながら、学園内にある研究室を間借りして魔法薬学の研究を続けていた。すでに六年近く勤務させてもらっているのだが、ありがたいことに僕の授業は生徒にも評判が良いらしく、先日学園長から直々に終身雇用の申し出を頂くことが出来た。

実家との関係を除けば、順風満帆といえる僕の人生なのだが……僕はいつも頭が痛い問題を抱えているわけで……


いつもは学園内にある教職員住宅に住んでいる僕は、休日を利用して実家であるグリード家の屋敷へと戻っていた。先の〝頭の痛い問題〟のことが原因だ。

グリード家は、四公筆頭の名門だけあり王都パルマ内の富裕層の中でも最上位にランクされるほど裕福だ。

家族は、軍に勤務している兄が一人、他の貴族家に嫁いだ姉と妹がそれぞれ一人ずつで、僕を合わせて、計四人の兄弟に父と母を加えた六人家族が、城ではないかと見まごうばかりの豪邸で生活していた。もっとも、僕はこの屋敷での生活にどうしてもなじむことが出来なくて、全寮制の学園へ早くから入学していた。今ではこの屋敷で暮らしていた期間よりも屋敷の外で暮らしていた期間の方が長くなっている。

姉妹二人も他家に嫁いで家を出ているため、この豪邸には現在兄と父母の三人が暮らしている。

「「「サファテぼっちゃま、お帰りなさいませ」」」

帰宅した僕をいつものようにメイドたちが一列に並んで出迎えてくれたのだが、僕はメイドたちへの挨拶もそこそこに父のいる書斎へと直行した。

僕はノックをした後、父の部屋の扉を開けた。

「父上、お話ししたいことがあります」

書斎で、なにやら書類に目を通していた父ガポリ・グリードは、僕の顔を見るなり
『またか……』

と言わんばかりに苦々しい表情をその顔に浮かべていた。これには理由がある。


父ガポリは、貴族院の四公筆頭の恩賞としてパルマ王家より王都近隣の土地を直轄の支配地として与えられており、その土地の自治権を認められている。

支配地からは、農作物や魔石鉱脈から採掘された魔石などが産出され、それをグリード家が懇意にしている商社や行商人に売却することでかなりの収益をもたらしており、その収益を資産とすることを貴族院から認められている。これはグリード家に限ったことではなく、多くの貴族家がグリード家同様に貴族院から支配地を与えられていて同様の行為を行っている。ただ、グリード家は四公の筆頭だけあり、貴族院から与えられている支配地の数は貴族家の中でも群を抜いて多かった。

本来であれば、その収益を使い、直轄地の整備を行い、さらなる収益につなげていくべきなのだが……しかし、父ガポリはそうはしていない。私有地の収益をすべて自分の個人的な趣味に費やしているのだ。

……ここからは、わが家の恥部を晒すことになるので非常に心苦しいのだが……

父ガポリはすさまじい浪費家だ。骨董品《こっとう》や珍しい武具などに目がなく、そういった品々の収集に日夜没頭し、買いあさった自らのコレクションを保存するためだけに王都の郊外に豪華なお屋敷をいくつも建てているほどである……僕が把握しているだけでもその数は十四を数えている。

母ローヒーは虚栄心が強く、毎日のように豪勢なお茶会や晩さん会を開催しては、知り合いの貴族家の方々を招き続けている。

参加者の方々をびっくりさせようと、王都の近郊では入手することが困難な食材を遥か遠方から金に物を言わせて取り寄せることなどはいつものことであり、それらを惜しげもなく振る舞うことで、参加者の方々に称賛されることを至上の喜びとしている。

軍に勤務している兄プライドーは、剣の腕も作戦立案能力もほぼ皆無に等しい。なにしろ、剣術を専攻していない僕にすら今まで一度も剣で勝てたことがないばかりか、行軍作戦立案学を学んだこともない僕に、盤上での模擬戦においても、ただの一度も勝てたことがないのである……繰り返しておくが、僕は剣術も行軍作戦立案学も学んだことは一度もない。そんな僕に対し兄プライドーは騎士団学園に通い、剣術も行軍作戦立案学を学んでいたのに、である。

そんな兄プライドーは、自分に実力というか、才能がないことを自覚していたため、ある作戦を実行に移した……実力での出世を早くに諦め、軍の上層部の者たちに賄賂を贈りまくったのである。一部の良識派の者たちからは露骨に嫌悪されたものの、兄プライドーの作戦はおおむね成功したといってよかった。兄は異例の早さで出世を重ねていき、ついには史上最年少で将軍に抜擢されるに至ったのである。十分な経験を積んでいる五〇代の騎士の方々が名前を連ねている中に、一人三〇代そこそこの兄プライドーの名前が並んでいるのは誰が見ても異様な光景であり、この人事が発表された際には王都中がざわついたといっても過言ではない。

……とはいえ、兄が実力や才能ではなく、ただ賄賂によって昇進したことは周囲にはバレバレであった。そのため兄プライドーは『成り金将軍』と陰口されている始末で、全将軍が参加するはずの将軍会議にもただ一人招集されていないそうだ。

しかし、本人はそのようなことなど意に介すことなく、毎日将軍室の中でふんぞり返っている。

実家で暮らしてる母と兄は、父ガポリからの資金援助を受けてこれらの行為を続けている。父にしてみれば、母のお茶会は他の貴族家との友好関係を築くのに有用であり、兄の地位はガポリ家の栄光に他ならないとの考えらしく、二人の行為に対し金を出し惜しんでいない。

姉のタマーと妹のコーシーは、父が懇意にしている貴族家へ嫁いでいるのだが……

姉のタマーは、独身時代からドレスや装飾品に目がなく、欲しいものはかたっぱしから購入する悪癖を持っていた。結婚し他家へ嫁いだら少しは治まるかと思っていたのだが、嫁ぎ先でも独身時代同様に買い物ざんまいな日々を送っているらしく、旦那だけでなく、姑《しゅうとめ》との関係まで劣悪になっているらしい……

妹のコーシーはどうしようもない男好きで、独身時代も男をとっかえひっかえしていたのだが、嫁ぎ先でも気に入った男を執事として雇いまくり自分専用のハーレムを作っているらしい……ただ、コーシーの場合、その旦那も相当な女好きらしく、コーシー同様に気に入った女性をメイドとして雇いまくりこちらも自分専用のハーレムを作っているらしいので、ある意味お似合いといえるのかもしれない……

他家に嫁いだ姉妹はともかくとして、父ガポリが母と兄とともに浪費している金額は、日々とんでもない額になっている。その浪費額を捻出するために、父ガポリは支配地に対し過酷な収益のノルマを課し続けているのだが、その額が日に日に引き上げられている。しかも、それだけでは飽き足らず、今では支配地で暮らしながら作業に従事している住人に対し重税まで課し始めたというのだ。その額は支配地の住人が普通の生活を送ることすら困難になるほどのとんでもないものらしい。当然、支配地の住民からは苦情が殺到しているのだが、父はそれを完全に無視し続けている。支配地の住人が王都へ直接苦情を申し出ないように、すべての支配地の周囲を高い壁で囲い、傭兵を金で雇って私兵とし、その周囲に配備し、昼夜を問わず監視し続けているらしい。

……恥ずかしながら、僕はこのことを最近まで全く知らなかった。魔法薬生成用の薬草を採取するために王都近郊の森へ向かった僕は、たまたま近くにあったグリード家支配地の一つに立ち寄り休憩させてもらおうとしたのだが、そのことでこの事実を知ることとなった。グリード家の人間ということで支配地の中に入ることを許された僕が見たのは……一言で言えば地獄だった。

荒れ果てた土地

粗末な小屋

ひたすら働かされる人々

それを取り囲む私兵たち

その窮状を目の当たりにした僕は、いてもたってもいられなくなりその足で実家へ戻り父と話をした。父に、この惨状を今すぐに改善すべきだと言い続けた。何度も、何度も言い続けた。休みの度に実家に戻り、何度も何度も言い続けた。

……しかし支配地の状況が改善されることは一切なかった。

それどころか数日前にまた新たな名目の税金が課されるとのお達しが全支配地に出されたと聞いた僕は、わざわざ有給休暇を取得して実家へ戻り、父にそれを思いとどまらせようとしているのである。

「父上！　支配地にさらなる税負担を強いると聞きましたが、無茶にもほどがあります！」

僕は、今日という今日はと、必死に食い下がった。父は腕組みし、目を閉じたまま僕の話を聞いている。

……しかし、不機嫌な様子がその表情の端々から見て取れた。

だが、僕はそんな父の様子をあえて無視し、言葉を続けた。

「このままでは支配地の人々はみんな飢えて死んでしまいます！　仮にも四公の筆頭であるグリード家の支配地でそのようなことが起きていると貴族院に知られでもしたらどうなさるおつもりなのですか！　今すぐに増税を撤回し、窮状の改善策も検討すべきです父上！」

僕は、一気にまくし立てた後、呼吸を整えながら父ガポリを見つめた。

僕がひとしきり話し終えた事を確認すると、父ガポリは大きく息を吐き出した。

「お前の言いたいことは、よーっくわかった」

豪勢な椅子から立ち上がると、父は僕をまっすぐに見つめ返してきた。

ひょっとして……僕の言葉にようやく理解を示してくれるのか……そう思った僕は、思わず笑みを浮かべかけた。

そんな僕に、父ガポリは言った。

「父の行いに従えない貴様を、もう息子とは思わぬ！　勘当じゃ！　我がグリード家から出て行くがよい！」

吐き捨てるようにそう言った父は、即座に衛兵を呼び寄せた。


……その後のことはよく覚えていない。

父に呼ばれて室内に入ってきた衛兵たちに抱えられて無理やり屋敷から放り出されたような気がする。

「父上！」

僕は何度も父を呼んだ。だが、僕の言葉に父が答えることは一度もなかった。屋敷の扉から締め出された後も僕は必死になって声をあげた。しかし、屋敷の中から出てきた衛兵たちによって追い払われてしまった。

「グリード家に無関係な人間はとっとと失せな！」

「いい迷惑なんだよ！」

剣や槍を使われて追い立てられた僕は、この上なくみじめな気持ちを胸に抱きながら屋敷を後にするしかなかった。


ようやく教職員住宅へと戻った僕は、自分の目を疑った。教職員住宅の入口前に僕の部屋の荷物がまとめて置かれていたのである。

「こ、これは一体……」

愕然としている僕の元に、僕の帰りを待っていたらしい学園長が歩み寄ってきた。

「これは……ワシとしても本意ではないのじゃが……君には学園を辞めてもらわねばならんのじゃ……」

そう切り出した学園長は、苦渋の表情をその顔に浮かべていた。

「グリード家はの……我が学園に多額の寄付をしてくれておってな……そのグリード家を勘当なされた方を雇い続けるわけにはいかないのじゃ……どうか察してほしい」

学園長は苦渋の表情を浮かべたまま僕に向かって深々と頭をさげた。

……間違いない……きっと父、いや、元父となったガポリが早速手を回したのだろう。

父は、自分の意に沿わない者や、気に入らない相手を容赦なくたたきのめすことが多かった。そのためには手段も金も惜しまないと、陰口を叩かれていたのを僕も聞いたことがある。

ガポリは、そうすることで敵対勢力を排除し、敵対しようとする者が現れないように仕向けていたと思う……そして、その矛先が今、僕に向かってきたということか……

ここでいきなりクビになってしまうと、僕としても非常に困る。……とはいえ、学園長の気持ちも痛いほどわかる。下手に僕に便宜を図れば、ガポリの怒りの矛先は、今度は学園に向くことになるだろう……学園長としても、それだけは避けたいはずだ。その気持ちが痛いほどわかるだけに……僕はそれ以上なにも言えないまま、しばらくその場で立ち尽くすことしか出来なかった。


その後、学園長のせめてもの好意で荷物を運ぶための荷車をもらうことが出来た僕は、それに荷物を乗せていった。マジックボックスという、見た目は普通の木箱なのだが、中に大量の荷物を保存出来る魔法道具をいくつか所有していたおかげで、寮の荷物は家具も含めてすべて積み込むことが出来ている。

それらの荷物を積み終わった僕は、

「……今まで、お世話になりました」

学園長に挨拶し、深々と頭をさげた。そんな僕に学園長は、

「……こんなことになってしまい、申し訳ない……」

そう言いながら、僕の肩にそっと手を乗せてくれた。

学園長と挨拶を交わした僕は、荷車を引っ張りながらその場から立ち去った。

……もちろん、行く当てもないままに……

魔法学園で働いていた間の貯金……といっても、その大半は魔法書などの購入で消えてしまっているのだが……あと、学園長の計らいで若干の退職金を現金でもらうことが出来たため、しばらくはそれを使って過ごしながら今後のことを考えることにしようと思う。

……だが、寮を追い出され、実家も追われた僕がすぐに落ち着ける場所などあるわけもない……僕は途方に暮れながら、ただ街道を歩き続けていた。

街道脇に荷車を駐めて少し休んでいると、

「……学園を追い出されたというのは、本当のようですね」

と、同僚の……いや、僕が学園をクビになったため今では元同僚という方が正しいか……エルフのエルデナが声をかけてきた。僕の事を、走って追いかけてきてくれたらしく、エルデナは肩で息をしながら僕の隣に腰掛けてきた。

エルデナは、僕にとって魔法学園の中でも数少ない友人の一人だ。

この王都では、基本的に亜人種の身分は低い。これは、王都が人種こそすべての種族の頂点に君臨し、すべての種族を導く存在であるとした教え『人種族至上主義』を教義としているボブルバム教を国教として推奨していることが大きく影響していた。王都の人々のほとんどが、このボブルバム教を信仰しているため、必然的に亜人種族は虐げられ、低い身分に追いやられていたのである。そのため、亜人種族が王都で働こうとした場合、貴族の屋敷の下働きが出来ればいい方で、大半の亜人種族たちは場末で水商売の職にありつくか、奴隷となるか……といった具合だ。

亜人種族であるエルフ族も同様の扱いを強いられてはいるのだが、エルフ族の中には高度な魔法を使える種族がいて、そういった特殊能力を持つ亜人種族は例外的な扱いを受けていることが多い。

エルデナも特殊能力を持つ亜人種一族の出身だ。

そのおかげでエルデナは、魔法学園での教員の職を得ることが出来ていた。もちろん彼女が努力し、自らの力でその地位を勝ち得たのは言うまでもない。

とはいえ、人種族至上主義が蔓延っている魔法学園の中では、エルデナと積極的に友好関係を築こうという人族はいなかった。そのためエルデナは学園内では孤立した存在だった。

僕は人種族至上主義をそう気にしたことがないし、ボブルバム教を信仰する貴族院学校に通わなかったため、洗礼も受けていない。ただ、そんな僕の態度が父的には気に入らなかったらしく、実家にいる間の僕の身の回りの世話係には亜人種族のメイドだけがあてがわれていた。メイドと言えば聞こえはいいのだが……はっきり言えばグリード家が雑用係として買い集めた奴隷たちである。

父としては、ボブルバム教を信仰しようとしない僕に対する嫌がらせの意味もあったのだと思う。ただ、それでもボブルバム教を信仰しようと思わなかった僕は、彼女たちとも良い関係を築けていたと思っている。

エルデナは、魔法薬学や魔石精錬学を専攻していたため、魔法薬学を専攻している僕とは研究テーマが似ていた。そのため一緒に研究をしたり、その合間に食事を共にすることも多かった。

食事に関しては、王都の一般的なレストランなどでは、亜人種のエルデナを奇異の目で見る者が多かったこともあり、裏通りにある亜人種族ご用達の食堂をよく利用した。

ここでは人種族である僕のことを奇異の目で見る亜人種の方が多かったのだけど、こちらが差別意識を持っていないことを伝え、一度友好関係を築くことが出来てしまえば、むしろ人種族よりも亜人種族の方が気さくで楽しく付き合える者が多いのではないかと僕は思っている。


そんなことを考えていた僕の顔を見つめていたエルデナが、おもむろに口を開いた。

「……これから、どうされるのですか？」

エルデナの言葉に、僕は腕組みしながら首をひねった。

正直……当てなんて全くない。魔法学園を卒業後、すぐに魔法学園に就職した僕はそんなに人脈が広いわけではない……そうでなくても、貴族の中でも最高峰に君臨しているグリード家を勘当された僕と関わろうとする者が王都近辺にいるとは思えない。それに、早くも魔法学園に手を回していたあの父の性格からして、王都内で僕が仕事を探そうとした場合、必ずなにかしらかの嫌がらせをしてくるだろう……

しばらく思案を巡らせた僕は、

「正直、当てはないけど……とりあえず、どこか遠くの辺境都市にでも行ってみる……くらいかな、出来そうなことといえば……」

そう返答した。

僕が今住んでいるここは、この国の王都パルマだ。王都の周辺には、多くの貴族の支配地や属国がある。

そこからさらに離れた森の中や山脈の合間などの辺地に存在しているのが辺境都市と呼ばれる街だ。

辺境都市は、王都の従属都市ではあるが、王都とは違い亜人種族が人口の大半を占める街である。

王都から遠い分、父ガポリの手もそこまでは及ばないのではないかと思ったわけだ。

するとエルデナは、

「……そうですか……それでしたら、ご協力出来るかもしれません」

少し考えを巡らせながらそう言った。

「協力って……どういうことだい？」

「……この王都からかなり南に辺境都市グリーンコンベという都市があるのですが、私の両親がこの都市の領主グループの一員なのです。ですから、お願いすればあなたをグリーンコンベに迎え入れてくれるはずです」

「そ、そうなんだ」

エルデナの言葉に、僕は思わず目を丸くしてしまった。

普段からあまり自分の事を語らないエルデナだけに、彼女の両親が辺境都市グリーンコンベの領主グループの一員ということ自体始めて聞いたんだけど……エルデナにお願いすれば、僕がこの先落ち着く先が決まるかもしれないと思うと、先ほどまでの鬱々とした気分が一瞬にして晴れた気がした。

「……あ、でも……」

ここで僕の中にある懸念が浮かんできた。他でもない、父ガポリのことである……

もしこの話を僕が受けた場合、その事が父ガポリの知るところとなった場合、エルデナの両親に迷惑がかかるのではないか……

僕がその事を伝えるとエルデナは、

「……それは気にしなくてもいいわ……それは私が両親を説得しますので。大事な友人が困っているこういう時にこそ、役に立たせてほしいものです」

そう言いながら微笑むと、僕の肩を優しく叩いてくれた。

その後、少し考えを巡らせた後……僕は、

「……お願いしても、いいかな？」

エルデナにそう申し出た。

そんな僕の言葉に、エルデナはにっこり笑いながら頷いてくれた。


エルデナが夕食をおごってくれるというので、僕たちが行き付けの食堂へ顔を出した。

裏通りにあるこの店『三竜亭』は、小鬼人《ゴブリンピープル》の夫婦が切り盛りしている食堂だ。お客の大半は亜人種族で、人種族の客となると……おそらく僕ぐらいなものだろう。とはいえ、このお店の料理はどれも味が良く、人種族の店より美味しいと僕は思っている。

王都で働いている亜人種族たちがここの常連であり、亜人種族たちの貴重なネットワークの場にもなっている。

「お？　サファテの兄ちゃんじゃねぇか」

注文を済ませたところで、なじみの黒い鎧に身を包んだ鬼人《オーガピープル》のクロが、いつもの豪快な笑い声をあげながら声をかけてきた。

「聞いたぞ。なんでもあの金の亡者のガポリをぶん殴って勘当されたんじゃと？」

クロはガハハと笑いながら僕の肩を叩いてきた……とはいえ、その言葉には面食らうしかなかった。

……確かに意見し過ぎて勘当されたけど、なんで殴ったって話になっているんだ？

クロの言葉に僕が困惑気味に苦笑していると、店内から、

「よくやったぜ、サファテのあんちゃん！」

「おめぇはいつかやる男だと思ってたぜ！」

そんな声があちこちからあがり始め、いつしか拍手と喝采が店中に響き渡るほどになっていった。

前の席に座っているエルデナも『……そうだったのですか？』的な表情を浮かべていたのだが……しばらくすると、さすがですねとばかりに、親指をグッと立てながらクスクス笑い始めてしまった。

……正直、本当に勘弁してほしい。

なんでも、この店に集まっている亜人種族たちは、ガポリを始めとする貴族らに相当ひどい仕打ちを受け続けているとのことだった。そのため、僕がガポリを殴って家を飛び出したと伝えられている

今回の一件は実に爽快な出来事として亜人種の間では拍手喝采で迎えられ、早くも知れ渡っているとのことだった。好意的に伝えられているのは嬉しいものの、その内容が一部誇張されていることに、僕は引き続き苦笑し続けるしかなかったわけで……

僕が困惑した表情を浮かべ続けていると、クロが再び僕の背中を叩いた。

「で？　サファテよ、お前はこれからどうする気じゃ？　さすがに大貴族様にたてついたとなりゃ、王都にはもうおれまい？」

「あぁ……そのことなんだけど、エルデナに紹介してもらって南方にある辺境都市グリーンコンベへ行ってみるつもりなんだ」

「なんじゃと!?　グリーンコンベじゃと!?」

僕の言葉を聞いたクロが、いきなり大きな声をあげた。

「グリーンコンベならワシの荷馬車で送ってやるぞ！　ちょうどさっき、グリーンコンベへの荷物運びの仕事を引き受けたとこなんじゃ」

「え、そうなのかい？」

「あぁ、サファテとワシの仲じゃ、任せとけって」

クロはそう言いながら僕の肩をバンバンと叩いてきた。

正直、これは本当にありがたい申し出だった。

「サファテには、ここにいる多くの奴らが怪我した時に薬をよく融通してもらったしな。亜人種族のワシらではなかなか入手出来ないような高級品を、しかもただ同然でじゃ。そんなお前さんの役に立てるのならどうってことはないわい！」

クロはそう言うと再びガハハと大声で笑いながら僕の肩を叩いてくれた。


結局、この夜の食事は、店主が好意でタダにしてくれた。

「あんたは人種族なのに、ウチの店を贔屓《ひいき》にしてくれたからな」

店主は笑いながらそう言ってくれたのだが、僕自身、なにをしたというわけではないだけに、少し申し訳なくも感じたものの、そう言ってもらえたことがとても嬉しかった。

その後、店を出る段になるとエルデナが、

「……よかったら、今夜は私の部屋に泊まっていかない？」

そう申し出てくれた。

これはありがたい申し出ではあった。

僕は今夜泊まるあてがなかったわけだし、今後の事を考えると宿代も節約した方がいいに決まっている。

……それに、僕自身エルデナの事を長いこと好意的に思い続けてもいるわけだし……一緒に教職に就けて、こうして話を出来る関係になれたことを嬉しく思っていた。

……ひょっとしたら、グリーンコンベに関する案件が終了したら、そこで縁が切れてしまうかもしれないだけに、今のうちに少しでも長く一緒にいて、少しでも多く話をしておきたいと思う。
……とはいえ、付き合ってもいない独身女性の部屋に宿泊させてもらうというのはどうなのだろう
……嬉しい申し出ではあるし、ひょっとしたらエルデナも僕に好意を持ってくれているからこそ、こういった申し出をしてくれているのかもしれないし……

そんな感じで、散々考えを巡らせた末に……僕は、独身女性の部屋に泊めてもらうのはよろしくないとの結論に思い至り、この日は荷車の荷台で寝ることにした。

それを伝えた際に、エルデナが、

「……察してほしいものよね、私の気持ちも」

と、言ったような気がしたのだが、

「え？　エルデナ、今なにか言ったかい？」

そう聞き返した僕に、エルデナは、

「……別に」

そう言ったっきり、そっぽを向いてしまい、以後すごく機嫌が悪くなってしまったように感じたのだけど……一体どうしてしまったんだろう……そんな事を考えながら、クロとエルデナと分かれた僕は、三竜亭の裏にある荷馬車置き場をお借りして、そこに荷車を置かせてもらった。

そこで、どうにか人心地ついた僕は、いろいろなことがあった今日一日のことを思い返しながら荷台の上で横になった。

父の領地経営に口を出し続けたせいとはいえ、僕自身、その恩恵を多少なりとも受けながら育ってきているわけだし……なんというか、やるせない気持ちでいっぱいだ。

しかも、結局僕はなに一つ変えることが出来なかった……

……せめて、これから向かう新しい土地では、少しでも人の役に立てるような日々を送りたい……

そんなことを考えながら、僕は目を閉じた。


翌朝。

クロが自分の荷馬車隊を引き連れて、僕の荷車の所まで迎えに来てくれた。

「荷車じゃあなにかと苦労するじゃろう。中古ですまんがこれを使ってくれ」

クロはそう言って、一台の荷馬車を僕に贈呈してくれた。

かなりくたびれてはいたものの、まだまだ十分使えそうな荷馬車だった。

「クロ、本当にいいのかい？」

「あぁ、ワシの荷馬車隊でちょうど使わなくなったヤツじゃ。気にせずもらってくれ」

クロはそう言うと、いつものようにガハハと笑った。

僕は、そんなクロの心遣いに感謝しつつ、荷車の荷物を荷馬車へ移動させた。

クロとクロの部下の小鬼《ゴブリン》たちが手伝ってくれたので、作業はあっという間に終わった。

その後、クロの荷馬車に、僕の荷物を積み込んだ荷馬車を連結しているところに、エルデナがやってきた。

最初、僕は、エルデナがグリーンコンベに紹介状を書いてくれる程度に思っていた。なので、ここでその紹介状を受け取ったら彼女との縁も切れてしまうのだろう、と、少し寂しく思っていた。

……そんな僕の思惑に疑問符を投げかけるように、目の前に現れたエルデナは重装備で、かつ大荷物を荷車に乗せて持参していた。

そんなエルデナの姿に思わず首をかしげる僕に、エルデナは小さく咳払いをした後、

「……ちょうど、グリーンコンベ周辺の魔法石の調査をしたかったの……だから一緒にグリーンコンベまで行くわ」

と言うと、自分が持参してきた荷物を僕の荷馬車に積み込み始めた。

つまり、エルデナ自身がグリーンコンベまで同行してくれて、そこで直接街の領主グループの一員である彼女の両親へ僕のことを紹介してくれる、と、こういう話になったのだろう。

僕は、エルデナにそこまで手間をかけてしまい申し訳ないと思う反面、彼女ともうしばらく一緒に過ごせることになったことを内心すごく喜んでいた。

それは、昨日一日ですべてを失ってしまっていた僕にとって、とても心強く、そして嬉しいことだった。

準備も整い、

「よっしゃ！　それじゃグリーンコンベに向かって出発じゃ！」

クロの言葉が一帯に響いた。同時に、彼の部下の子鬼人たちが威勢のいい声で応じた。

僕は、エルデナと一緒に先頭の荷馬車の荷台に腰掛けていた。僕の荷馬車は、この荷馬車に連結されている。程なくして、荷馬車がゆっくりと動き始めた。

……と、その時

「ぼ……ぼっちゃま～！」

聞き覚えのある声が聞こえた。

荷馬車から顔を出すと、後方から山のような荷物を満載している荷車を引っ張っているメイド服姿の猫人《キャットピープル》が息を切らせながら走り寄って来た。

「あれ⁉　ウーニャじゃないか！」

僕は、その猫人を見てびっくりした声をあげた。

その猫人は、グリード家でメイドをしているウーニャだった。

メイドとはいっても、屋敷では、亜人種族であるため奴隷同然の扱いをされていた彼女なのだが、いつも笑顔で、一生懸命仕事をしていた働き者だ。

亜人種族のメイドだったウーニャは、僕の身の回りの世話を父から命じられることが多く、屋敷では一番長く一緒に過ごした相手だ。

僕より少し年上だったこともあり、僕はウーニャの事を実の姉以上に、姉として慕っていた。

クロに荷馬車を止めてもらうと、僕は、ウーニャへと駆け寄った。

「よ……よかった……ま、間に合ったですニャ……」

ウーニャは、汗だくになりながらも、満面の笑顔を浮かべながら僕を抱きしめた。

「ぼっちゃまが勘当されてお屋敷を追い出されたと聞きまして……ホントにびっくりしましたニャ」

ウーニャはそう言いながら僕を強く抱きしめ続けていた。

……そういえば、僕が昨日屋敷を追い出された時って、あまりに急だったこともあって、ウーニャとなにも話をすることが出来ていなかったんだ……

ウーニャを始め、屋敷やこの王都でお世話になった皆さんには、グリーンコンベに移住して生活が落ち着いたら改めて手紙でも送るつもりだったのだけど……出立する前にこうしてウーニャに会えたというのは、本当に嬉しかった。


……しかし、ウーニャが持ってきているこの大量の荷物は一体……

僕が、その荷車を見ているとウーニャは、

「これは、ぼっちゃまがお屋敷で大切になさってました書物や実験道具ですニャ。捨てられそうになっていたのをどうにか回収してきましたニャ」

そう言いながら笑った。

これは、本当にありがたかった。

ウーニャが持ってきてくれた荷物の中には、僕が今までに集めた貴重な書物が多数あったからである。僕がびっしり書き込みなどをしているため金銭的な価値はほぼないため、ガポリは金にならないと判断して廃棄しようとしたのだろう。ただ、これらの書物は僕にとってはとても大事な物ばかりなのである。

「ウーニャ、本当にありがとう」

僕は、改めてウーニャにお礼を言った。すると、ウーニャはにっこり笑いながら、

「ぼっちゃま専属のメイドとして当然のことをしたまでですニャ」

そう言ってくれたのだけど……それに引き続いて、

「あと、ウーニャの荷物も一式持ってきたですニャ」

そう言うと、ウーニャは改めて僕に向き直り深々とお辞儀をした。

「お屋敷は辞めてまいりましたニャ。自分の食い扶持《ぶち》は自分で稼ぎますニャ。ぼっちゃま、どうかこれからもぼっちゃま専属のメイドとしてウーニャをお傍に置いてほしいニャ」

ウーニャのその突然の申し出に、僕はただただ目を丸くして固まるしかなかった。

いくら奴隷の身分とはいえ、グリード家で働いていればそれなりの報酬がもらえたはずだ。

確かに、環境は劣悪だとは思うけど……少なくとも職も行く当てもなにもない今の僕と一緒に行動するより遙かにましな生活が約束されているといっても過言じゃない。

……でも、いくら僕がそう言ってもウーニャは、

「ぼっちゃまは、ウーニャにとって大切な弟みたいなものですニャ。一人にはしておけませんニャ」

そう言って笑うばかりだった。

「そんなことを言われても……僕も一応就職もしていたし、それなりに社会経験も……」

そう言う僕を、ウーニャは、

「はいはい、いいから行きますニャ。ウーニャはもう決めたんですニャ。ぼっちゃまが結婚なさっても、メイドとしてずっと、ず～っと、お世話させていただきますニャ」

そう言いながら、運んで来た荷物をあっという間に僕の荷馬車の中に詰め込んでしまった。

その光景を見ていたクロは、

「サファテよ、お主の負けじゃ。さ、行くぞい」

そう言いながら、いつものようにガハハと笑っていた。

エルデナまで、クスクスと笑っているのを見るにつけ、僕もウーニャの同行を渋々認めるしかなかったわけで……


その後、ウーニャを加えた僕たちは、鬼人のクロの荷馬車隊に便乗させてもらい王都パルマを後にした。

グリード家の圧政のために今も苦しんでいる直営地の人々に対してなにも出来ないまま、勘当され、家を追い出された事実を前にすると、やはりまだ気持ちの整理がうまくついていない……

蓄えもろくになく、先行きはかなり不安ではあるのだが、とにかく今は出来ることから少しずつでもやっていくしかない、と、無理やりにでも気持ちを前に向かせるしかない。そう自分に何度も言い聞かせていた。

強引に同行することになってしまったウーニャは、出発するとすぐに僕の肩にもたれかかりながら寝息を立て始めていた。その無防備な寝顔に思わず笑みが浮かんでしまう。

おそらくだけど……僕の荷物を回収するのに相当無理をしたんじゃないかと思う。あのガポリが処分を命じた以上、処理にあたった者たちもそれなりに警戒していたはずだし……

そんなことを考えていると、僕の顔からはいつしか笑みが消えていた。

「……いろいろありがとう、ウーニャ」

僕はそう言いながら、ウーニャの頭に頬を寄せた。

そんな僕たちを見つめていたエルデナが、

「……本当に仲がいいのね、二人は」

そう言いながら、その顔に笑みを浮かべていた。

そんなエルデナに、僕は少し焦りながら、

「い、いや……その、ウーニャは僕にとって姉みたいな存在なわけで……」

そう、若干しどろもどろになりながら答えた。

実際、そう思っているわけだし……それに、僕が好意を寄せているエルデナに、変な勘違いをされてしまうのは本意ではないわけで……

僕がそんなことを考えながら焦っていると、エルデナは、

「……わかっているわ。あなたがウーニャさんに向けている表情は、身内に向けるそれですもの」

そう言いながら、その顔に優しい笑みを浮かべた。

その言葉に、僕は思わず安堵のため息を漏らしていた。

王都パルマから、辺境都市グリーンコンベまでは、クロの荷馬車隊でおよそ二〇日の道のりになるそうだ。今まで王都の近隣にしか出向いた事がなかった僕にとって、この道のりは困難の連続となった。

最初の三日くらいは、馬車の揺れに体が慣れず何度も吐き気をもよおしてしまい、そのため何度も荷馬車隊を停車させてしまう羽目になってしまった。

エルデナとウーニャが薬を処方してくれたり、交代交代で膝枕をして僕を横にならせてくれたりしたおかげで、四日過ぎあたりから気分も良くなり始めた。

荷馬車の中でエルデナは、ウーニャが持ってきてくれた僕の書物に興味を示し、それを眺めながら、

「……ねぇ、サファテ、ここに書いてあるあなたのメモ書き……これはどういう意味なのかしら？」

そう尋ねてくることが多かった。

僕は、そんなエルデナに返答し、その後二人してしばらくその本の話題で盛り上がることが割と多かった。

……気のせいか、僕がエルデナとそうやって会話を楽しんでいると、ウーニャがすごく嬉しそうなというか、興味津々といった、そんな表情をしながら僕たちのことを見つめているような気がしている……。

ウーニャが、

「ぼっちゃま、エルデナ様とはどのようなご関係なんですニャ？」

そんな質問を頻繁にしてくるようになったのも、この頃からだった。

……確かに、全寮制の学生だった時分に知り合ったエルデナを、実家に遊びに呼んだことはなかったし……そもそも僕とエルデナはそんな仲ではなく、そ、そう、同僚というか、気の合う研究仲間というか……

そんな返答を繰り返す度に、ウーニャは、

「はいはい、ウーニャはわかっておりますニャ。心から応援させていただきますニャ」

と、本当に楽しそうに笑いながらそう言ってくるわけで、僕としてもその言葉にどう返答したらいいのか皆目見当がつかなかった。

街道を進んで五日目。僕達を乗せたクロの荷馬車隊は早馬の一団に追い抜かれた。

王都方面から来たらしいその一団は何か急いでいるらしく、クロの荷馬車隊の隊列をかなり強引に追い抜いていった。

「馬鹿野郎！　脱輪したらどうしてくれるんじゃ！」

クロが怒鳴り声をあげたものの、その早馬の一団は立ち止まることなくそのまま立ち去っていった。

その時、早馬に乗っている男と目があった気がしたんだけど……その時、なにやら妙な雰囲気を感じた気がした。すると、ほぼ同時にウーニャも、頭頂部にある猫耳を激しく動かしながら険しい表情を浮かべ、その早馬の一団を凝視し始めた。

「ウーニャ、どうかしたのかい？」

「ん～……なんでもないですニャ……多分、気のせいですニャ……」

ウーニャはそう言いながら微笑んだものの……やはり先ほどの早馬一団のことが気になるらしく、何度も荷馬車から顔を出しては、早馬の一団が消え去った先を見つめていた。


王都を出発して一週間を過ぎると、街道の道幅が目に見えて細くなった。

すれ違う荷馬車隊もいなくなり、クロの荷馬車隊だけが街道を進んで行く。

「ここらからは宿場町も少ないでな。まぁ、野宿とはいえ、食い物はあるし、ワシらが交代で寝ずの番をするから安心していいぞい」

そう言ってクロがいつものようにガハハと笑っていた。

クロの言葉どおり、ここまでの僕たちは街道沿いにある宿場町で宿を取りながら進んでいた。

宿では、女性のウーニャとエルデナの二人だけで一部屋を借り、僕はクロたちが借りた大部屋の片隅にお邪魔させてもらった。大部屋には、基本布団はない。

自分たちで持参した毛布を掛けて、床の上で眠るだけの部屋だ。

その分、宿泊代は格安となっている。

こういう大部屋は、だいたい亜人種族の行商人たちか、人種族の行商人の奴隷亜人種族たちが使用するものと相場が決まっていた。

「サファテよ、無理することはないぞい。お前一人分の部屋代くらいワシが面倒見てやるぞい」

クロたちは何度もそう言ってくれたんだけど、僕は、

「クロ、僕はここで十分だよ。みんなと一緒の方が安心出来るしさ」

そう返答すると部屋の隅で横にならせてもらった。

僕としてはこの行動は特に深い意味を持って行ったものではなかった。

大部屋にみんなと一緒に寝させてもらえば安く済むし、それにクロやみんなと一緒なら本当に安心出来ると思っただけだったんだ。でも、クロの部下のみんなは、

「クロ親分が言ってたけど……あんたホントに変わった人種族だな」

「俺たち亜人種族と一緒に寝ても平気だなんて……」

そんなことを言いながら一様に目を丸くしていた。クロはともかく、彼の部下のみんなはしばらく

『どうせ亜人種族と仲のいいフリをしているだけだろう』

そう思っていたみたいだった。でも、こうして僕が亜人種族のみんなと一緒に寝起きして、一緒に洗顔をして、一緒に食事を取り続けるうちに、みんなの様子が徐々に変わってきた。

最初は、どこかよそよそしいというか、『どうせ人種族だろ』的な眼差しで僕のことを見ていたみんなが、いつの間にか、

「おはよう、サファテのあんちゃん。昨日はよく眠れたか?」

「なんか困ったことがあったら遠慮なく言えよ」

そんな感じで、すごくフレンドリーに話しかけてくれるようになってきた。さすがに全員というわけじゃない。まだ、僕の事を不審な目で見ているみんなもいた。でも、クロの荷馬車隊中での僕の存在は、最初よりも確実に好意的に受け入れられはじめている……そんな気がしていた。


王都を出発して一四日目。

荷馬車の中での生活にも慣れてきたこの頃の僕は、魔法袋の中身を確認したり、ウーニャが持ってきてくれた書物を読んだり、エルデナとウーニャと会話をしたりしながら過ごすようになっていた。

「ここからちょっと近道するぞい」

クロはそういうと、街道から逸《そ》れ急な坂の山道へと入っていった。

「こっちは昔の街道なんじゃ。今は山の裾野を大きく迂回《うかい》する舗装された街道が出来たせいでの、めったに利用する奴がおらんのじゃが、グリーンコンベに行くには多少じゃが近道になるんじゃ」

クロはそう言うと、いつものようにガハハと笑った。

このあたりに全く土地勘のない僕は、

「へぇ、そうなんだ」

と、感心しながら頷いていたんだけど、僕の横に座っているエルデナは、

「……昔の街道があったのは知っていますが……実際に通るのは初めてですね」

物珍しそうに周囲を見回していた。グリーンコンベ出身のエルデナだけにこのあたりにも土地勘があるみたいなんだけど、そのエルデナでも通ったことがない道を、クロは普通に利用しているんだなぁ、と、僕はちょっとした感動を覚えていた。

そのまま、荷馬車隊はうっそうとした森の中を進んでいった。先ほどまでの街道とは違い、すでに何年も放置されているらしく、石畳のほとんどが土砂の下に埋もれていて、獣道のような街道が続いている。

その途中、クロが森の奥を指さした。

「ほれ、そこの森を少し入ったところに宿場町の跡地があるんじゃ。昔は結構賑わっておっての、ワシらもよく利用しておったのじゃが、新しい街道が出来ると同時に住民たちが全員、新しい街道沿いに新しい宿場町を作ってそっちに移住してしまったんじゃ。今じゃ誰も住んどらん廃屋になっとる」

クロが指さした方向には森しか見えなかったんだけど、よくよく目を凝らしてみると、うっそうと

茂っている木々の隙間に家の壁みたいなものが見え隠れしているのに気が付いた。さらに注意してよく見ていると、一見ただの木に見えていたものがツタの絡まりまくった建物だったり、崩れ落ちた建物の残骸の上に土砂が堆積していたりと、あちこちに建物の痕跡を見つけることが出来た。

これらの建物は、クロにその存在を教えてもらっていなければ気づかなかっただろう。

「昔はこのあたりも賑わっていたんだ……」

僕は、少し切ない気持ちを感じながらその一帯を見つめ続けていた。


五日くらいで森の中を抜け、途中まで通っていた街道へと合流した。

クロによると、これで一日短縮出来たんだそうだ。

そのまま一日進むと、前方が大きく開けていき前方に巨大な城壁が見えはじめた。

「そら、あれがグリーンコンベじゃ。今回は雨がなくてなによりじゃったわい」

クロは、そう言うといつものようにガハハと笑った。

その城壁を見ながら僕は『ここで僕の新しい人生が始まるのか……』と、少し感傷に浸っていた。

すると、そんな僕の心境を察してくれたらしいクロが、

「サファテよ、ワシもこの街には定期的に商売で顔を出しておるでな。そん時は一緒に酒でも飲もうぞ」

そう言いながら僕の肩を叩いてくれた。

そんなクロに、僕は、

「そうだね。その時は僕におごらせてよ」

そう言いながら笑い返した。


……しかし、そんな僕の笑顔はすぐに消えることになってしまった。


辺境都市に入るために、城門で検査を受けていた時のことだった。

僕の顔を見るなり、城門の警備をしている衛兵たちが駆け寄ってきて僕を包囲した。

「あなた、サファテさんですね？」

そう言った衛兵は、なにやら手配書のような物を持っていて、それと僕を交互に見つめている。

「えぇ……そうですが」

僕がそう答えると、その衛兵は一度咳払いをし、

「サファテさん、あなたを辺境都市グリーンコンベに入れるわけにはいきません」

そう言った。

「……え？」

その言葉に、僕は思わずその場で固まってしまった。

そんな僕に変わって、エルデナがすごい形相をしながら衛兵に歩み寄っていった。

「……ちょっと、それはどういうことなのかしら？」

怒気を隠そうともせずに、衛兵を睨み付けるエルデナ。

衛兵たちは、どうやらエルデナがグリーンコンベの領主の娘であることに気づいているらしく、その剣幕も相まって対応に苦慮しながら、必死にエルデナをなだめようとしている。

「……ですので、サファテさんにはですね、すべての辺境都市への立ち入り禁止令が貴族院から発布されておりまして……いくらエルデナ様のお知り合いの方でも、ここグリーンコンベへの立ち入りを認めるわけにはいかないのです」

衛兵たちは、肩を怒らせているエルデナに対し、必死に言葉を続けている。

だが、その言葉を聞いたエルデナは、さらに怒りの度合いをあげながら衛兵たちを睨み付けていく。

「……この都市の領主グループの一員、グリーンポット家の長女であるこの私、エルデナがすべての責任を取ると言っているのです。それでもダメだと言うのですか？」

エルデナの言葉に、衛兵たちは目に見えて動揺するものの、

「と、とにかく、これは貴族院からの厳命でございまして……」

そう繰り返すばかりだった。その繰り返しに業を煮やしたエルデナは、

「……あなたたちでは話になりません」

そう、言い放つと、僕たちに「しばらくここで待っていてください」そう告げ、すごい勢いで辺境都市内へ向かって駆けだしていった。

衛兵たちは、エルデナがいなくなったことに安堵しつつも、僕を都市に入れないように周囲を囲むことは忘れていなかった。

そんな衛兵たちを、今度は僕の横に寄り添ってきたウーニャが睨み付けはじめた。いつも細くしか

目を開けていないウーニャなんだけど、衛兵たちだけでなく、僕までもがその目からすさまじい威圧感を感じていた。その視線を前にして衛兵たちは、

「おいおい、またかよ……」

「もう勘弁してくれ……」

そんな言葉を呟きながら、ウーニャから必死に視線を逸らそうとしていた。

数刻後……

ようやくエルデナが戻って来た。

見るからに怒りが収まらないといった状態のエルデナは、

「……ホント、話になりません！」

そう言いながら右手の親指の爪をかじっていた。

苛立った時にエルデナが見せる仕草なんだけど……いつも平静平穏を絵に描いたような性格のエルデナだけに、そう何度も見たことはない仕草ではある。それだけに、強烈な印象として僕の脳裏に残っていたわけで……

エルデナの話によると、貴族院から僕個人の辺境都市への立ち入りを禁止するよう通達が回ってきており、これに違反した場合貴族院から処罰がくだされるとのお達しが早馬で届けられているため、

エルデナの両親としてもこれを破ることは出来ないとのことらしい。エルデナの両親は僕の入都市を必死に懇願してくれたエルデナに対して、首を左右に振り続けたのだという……まだ怒りが収まらないといった様子で爪を噛み続けているエルデナ。そんなエルデナを見つめながら、僕はあることを確信していた。

先ほどから衛兵たちも口にしているように、僕に全辺境都市への入都市を禁止するよう通達を回したのは王都の貴族院だ。

この言葉に、僕はピンときていた。

僕を勘当したガポリは、貴族の最高峰とされる四公の筆頭である。その貴族たちで構成されている貴族院の中でも相当な影響力を持っている。

……つまりガポリが、その地位を利用して、自分にたてついた僕に嫌がらせをしている……そういうことなのだろう……

そのことに思い当たった僕は思わず眉をひそめた。とはいえ、今はエルデナを落ち着かせることの方が先決だ。

そう判断した僕は腰の魔法袋から水筒を取り出し、それをエルデナに手渡した。

それを受け取り、一口飲んだエルデナは、少し落ち着きを取り戻したようだった。

すると、衛兵たちに向けていた怒りの表情から一転し、申し訳なさそうな表情をその顔に浮かべながら僕を見つめてきた。

「……私の申し出でわざわざこんなところにまで来てもらったのに……本当になんて謝ったらいいの

でしょう……」

そう言いながら、今にも泣き出しそうな表情になっていくエルデナ。

僕は、そんなエルデナの肩に手を乗せると、

「君のせいじゃないんだから……」

そう声をかけた。


「ん～……ぼっちゃま。すいませんがちょっと出かけてきますニャ」

僕がエルデナとそんな会話を交わしていると、不意にウーニャが大きくお辞儀をした。

そのまま城壁の方へ向かい始めたんだけど、衛兵たちに向かって、

「ちょっと、お花摘みさせてほしいニャ」

そう言葉をかけた。

女性がお花摘みと言えば、トイレのことと相場が決まっている。

衛兵たちはしばらく相談し合った後、

「……まぁ、関係者まで入都市させるなって連絡じゃないしな」

そう言いながら、城門の中にある衛兵の詰め所内のトイレを使うことをウーニャに許可していた。

ウーニャは、にっこり微笑むと、衛兵の詰め所に向かって駆けていった。

視点：城門近くに身を潜めている男たち

ガポリ様の命令を受け、このグリーンコンベへ貴族院の通達を届けにきた俺たちは城門の影から足止めされ続けているサファテ《あいつ》を見つめ続けていた。

……この街《グリーンコンベ》へ、サファテ《あいつ》を入都市させないのには成功したようだな

……あぁ、どうやら間一髪で間に合ったようだ

……我らが主、ガポリ様にたてついた報いだしな。いい気味だぜ

……愚かな奴だ。ガポリ様の言うことを聞いてさえいれば、なに不自由ない生活を約束されてたってのによ

……さて、サファテ《あいつ》、今度はどこに行く気だろうな。突き止めて妨害しないとな。ガポリ様の命令どおりに……

……あぁ、ガポリ様にたてついたことを、心の底から後悔しながら野垂れ死ぬまでな

「ふ～ん、そういうことでしたかニャ」

その時だった。

城門の影に潜んでいた俺たちの背後からいきなり女の声が聞こえてきた。

「な、なんだ貴様は⁉」

いきなり後方から話しかけられて、俺たちは絶句しながら振り返った。

そこには……間違いない、サファテ《あいつ》と一緒にいた猫人のメイドが立っていた……た、確かこいつ、さっき詰め所にトイレを借りにいったんじゃ……

困惑している俺たちを見回していたその猫人のメイド女は、

「あんたたち、王都を出て五日目にすれ違った早馬の奴らニャね？　ぼっちゃまを妙に意識していたニャから、よく覚えてるニャ」

そう言うと、その猫人のメイド女の尻尾が異常に伸びはじめて、俺たちの首に巻き付いてきやがった。

そのまま尻尾の力だけで俺たちの体を空中に持ち上げていく。

ちょ、ちょっと待て……猫人にこんな芸当が出来るわけがねぇ⁉

「き、貴様……ただの猫人じゃない……な……」

その時、俺の脳裏にある事が思い浮かんできた。

「貴様…まさか、猫又人《エレメンタルキャットピープル》か……あの伝説の戦闘亜人種族の……」

俺は、薄らいでいく意識の中でそう言った。

そんな俺の前で、その猫人のメイド女は、

「ぼっちゃまに害を及ぼそうとする輩に、情け容赦は一切かけないニャ……このクソ野郎共、あの世でアタシの大事なサファテに害をなそうとしたことを後悔するがいいニャ」

そう言った。

それが、俺が最後に聞いた言葉になった。

視点：ウーニャ

ウーニャは、動かなくなった男たちの体を城壁の隙間に押し込んでいったニャ。

これでしばらくばれることはニャいはずニャ。

……でも、あのガポリがまさかこんなに早く、こんなに陰湿な手を打ってくるなんて、ちと想定外だったニャ……

「奴隷身分だったこのウーニャに、いつも優しく接してくださったぼっちゃま……そのぼっちゃまのご恩に報いるためにも、降りかかってくる厄災すべてからぼっちゃまをお守りすると決めておきながら、いきなりのこの失態……本来であれば、すれ違った際に捕縛し暗殺しておくべきでしたニャ……」

ウーニャは、そう言うと、両頬を両手で激しく叩いて改めて気合いを入れ直しましたニャ。

「お待たせしましたニャ」

詰め所からウーニャが戻って来た。ウーニャは、

「すいませんニャ、使い慣れていない上に狭かったニャから、少々手間取ってしまいましたニャ」

そう言いながら僕たちを見回しつつ、その顔に笑顔を浮かべていた。

その笑顔に……気のせいかいつもと違う雰囲気を感じたものの、それがなんなのか具体的にはわからなかった。そんなウーニャを加えたみんなを前にして、僕は一度小さく咳払いをした。

「とりあえず、グリーンコンベに荷物運搬の仕事があるクロに迷惑をかけることは出来ないから、僕とウーニャはここでみんなと別かれようと思う」

僕の本音としては、ウーニャもクロかエルデナと一緒に行ってほしいと思っているのだけど、一緒にやってきた経緯からしてウーニャがそれを受け入れてくれるとは思えなかった。

……それに、姉のように思っているウーニャが一緒にいてくれるとなると、これから先、心強くもあるし……そんなことを僕は考えていた。

すると、僕の言葉に、エルデナが激しく動揺した様子で、

「も、もう少し、待ってくれないかしら……わからずやな親を必ず説得してみせるから……」

エルデナは、困惑した表情でそう言うと、再び城門へ向かって駆けだそうとした。

でも、僕はそんなエルデナを、

「エルデナ、いろいろありがとう。その気持ちだけで十分だから」

そう言いながら、引き留めた。

エルデナは、ああは言ってくれているものの、それが相当難しいことなのは十分わかっているはずだ。

「これ以上君にも、君の家族や知り合いにも迷惑はかけられないからさ……」

僕の言葉に、エルデナは言葉を詰まらせたまま、うつむいてしまった。

「……まぁ、ここで別れるとしてもじゃ、馬がいないことには荷馬車を動かせまい」

そう言うとクロは、荷馬車隊の中から一頭の馬を連れてきた。

「こいつはのぉ、少々年は食っとるがまだまだ馬力はある馬じゃ。餞別《せんべつ》代わりに使ってくれい。六日くらいなら、昼夜問わずに進んでも大丈夫じゃでな。六日じゃぞ、六日」

クロは、やたら「六日」という言葉を強調しながら僕の荷馬車に、その馬をセットしてくれた。

僕は、そんなクロに、

「なにからなにまで、本当に世話になっちゃったね。ありがとうクロ」

そう言いながら右手を差し出した。クロは、

「なぁに、サファテがどこかで落ち着いて生活出来るようになったら、また一緒に酒でも飲もうぞ」

そう言うと、ガハハと笑いながら僕の手を握り返してくれた。

クロの荷馬車隊のみんなは、一様に僕に向かって申し訳なさそうな表情を浮かべながらグリーンコンべの城壁内へと入っていった。

そんなみんなを、僕は精一杯の笑顔で見送りながら右手を振り続けた。

「サファテ、また会おう！」

そう言って。いつものようにガハハと笑ったクロ。

……気のせいか、その笑い声も、少し悲しげに聞こえた僕だった。


クロの姿が見えなくなると、ウーニャが僕の横に歩み寄ってきた。

「ぼっちゃま、これからどうしますニャ？」

そんなウーニャと同時に僕の横へと歩み寄って来たエルデナが、

「……この近隣には辺境小都市がいくつかあるの。そこなら、あるいは偽名を使って検問をくぐり抜けることが出来るかも……とりあえず行ってみるのはどうかしら？」

そう、僕とウーニャに話しかけてきた。

僕は、そんな二人を見回しながら考えを巡らせた。

現時点ではエルデナの案が最善の方法だろう。


……だが、相手はあのガポリである。

このグリーンコンベ同様に、辺境小都市にもすでになんらかの手を打っているような気がしてならない。なにしろ、このグリーンコンベに初めてやってきた僕が、名乗る前に見つかったぐらいなんだ……似顔絵や特徴などをまとめた手配書が、すでにばらまかれていると考えた方がよさそうだし、そうなると辺境都市グリーンコンベよりも小規模な辺境小都市とはいえ、あまり期待出来ないのではないだろうか……

……あれこれ思考を巡らせているうちに……ふと、先ほどのクロの言葉が脳裏をよぎった……

『……六日くらいなら、昼夜問わずに進んでも大丈夫じゃでな……』

六日くらい……六日前の僕たちはどこにいただろう……

そう考えた僕は、思わず目を見開いた。

「……そうか……六日前は……」

僕は、独り言のようにそう呟いた。

そんな僕の言葉を前にして、ウーニャとエルデナは怪訝そうな表情を浮かべていた。

その後、僕たちはクロのくれた馬に荷馬車を引かせてすぐに出立した。クロたちと一緒にやって来た道を、そのまま引き返していく。一日進んだあたりで、クロが使った山道へと入っていき進むこと五日。グリーンコンベを出立して、合計六日目のお昼前。僕たちの眼前には、森の中の集落の跡地があった。

グリーンコンベへ向かう際にクロに教えてもらった、かつての宿場町の跡地だ。

うっそうと茂っている森の中をかき分けていると、その集落に続く道の跡を見つけることが出来た。そこを通って荷馬車を集落跡へ近づけていく。入口近辺ほど草木が茂ってはいなかった。

「……サファテ……まさか、ここで暮らす気なの？」

エルデナは、ツタや草で覆われている建物を見回しながら眉をひそめていた。

そんなエルデナに僕は、

「なにもかも失くしてしまった僕には、案外おあつらえ向きかもね」

そんな言葉を返した。


自嘲気味に言いはしたものの、この宿場町跡は僕が新たな居住地とするには本当に向いているのかもしれない。ここならガポリの手もまず伸びてはこないだろうし、今後も見つかることはまずないだろう。なにしろ、グリーンコンベ出身のエルデナですら知らなかったぐらいだしね。

馬を木にくくりつけた僕たちは、三人で手分けして集落跡地一帯を調べていった。

集落跡地には、建物が十一棟残っていた。そのうち、少し手を加えるだけで使えそうな建物が五棟もあった。そのうちの一つは、巨木の幹の中をくりぬいて作られており、ちょっと見ただけでは、それが住居とはわからない造りになっていた。集落の近くには、かつて畑だったらしい土地や、飲み水に利用出来る小川もあった。

「……うん、これならどうにかなるかも」

僕の言葉に、ウーニャは嬉しそうに頷くと、

「お掃除と修繕作業はこのウーニャに万事お任せくださいニャ！　すぐにぼっちゃまが住めるように片づけちゃいますニャよ！」

そういうと、自分の荷物の中から掃除道具をはじめとした荷物をあれこれと取り出すと、巨木の家の中へと駆け込んでいった。ウーニャと一緒に作業をしていけばどうにか住む場所を確保出来そうだ。

僕はここでエルデナへ向き直った。

「エルデナ、ここまで同行してくれて本当にありがとう……いろいろ助かったよ」

エルデナに、ここまでしてくれたお礼を言う。

元々彼女は、グリーンコンベ周辺の魔石を調査するという自分の目的のついでとして僕の事を気にかけてくれていたわけだし、こうしてこれから暮らしていく場所が決まったからには、これ以上の迷惑をかけるわけにはいかない……

そう思ったからこそ、僕はエルデナにそう告げ、グリーンコンベまで送っていこうと思っていたんだけど……　僕の言葉を聞くなり、エルデナは、

「……ここでも調査は出来るから……私もここでしばらく一緒に暮らします」

そう言うが早いか、ウーニャが作業している建物の中へ小走りに進んでいき、ウーニャと一緒に掃除を始めてしまった。

結局僕は、その勢いに押し切られる形で、その申し出を受け入れるしかなかった。

こうして僕たちは、森の中の集落跡地を利用して暮らし始めることになった。

二章　森の中の廃村から

森の中の集落跡地で、使えそうな建物を掃除・修繕していった結果、木をくりぬいて作られている家が一番広く、部屋数も多く、傷みも少なかったため、僕たちはそこを最初の居住地にすることにして、重点的に掃除・修繕作業を行った。

ちなみにこの木の家の間取りは……

一階は、リビングダイニングが一つと部屋が四つ。風呂とトイレもあるけど、これはかなり修理しないと使えそうになかった。
二階は、リビングが一つと、それに面した部屋が三つ。リビングの端にらせん状の階段があり、この階段で一階とつながっている。この階段は屋上へもつながっていて、屋上からは木の家の裏側が見渡せた。

木の家は崖に面した場所に建っているため、その裏側は山あいの絶景になっている。
向かいの山との合間に渓谷があり見渡す限り緑に満ちあふれている。その絶景は、みんな思わず見入ってしまったほどだった。

差し当たって二階にある三部屋を僕たちの個室にすることにした。

一階の一番広い部屋は僕の研究室にすることにして、それ以外の部屋はとりあえず物置代わりに使うことにした。

僕たちは、それぞれの部屋へ荷物を運び込み始めた。とはいえ、魔法袋も活用しているので、そんなに大変な作業ではない。

木の家の中は、トイレと風呂以外の部屋はすべて拭き掃除をするだけで十分住める状態になったんだけど、

「はいはいはい～！　どんどん拭きますニャ～！」

気合い十分な様子のウーニャが、バケツと雑巾を手にして次々に各部屋の拭き掃除を行ってくれたおかげで、僕とエルデナは荷物の運び込みに専念することが出来た。

日が暮れ始めた頃合いには、どうにか木の家の中の片づけが一段落した。

僕たちは各部屋に運び込んだ荷物を確認していった。

各自の荷物に混じって、いくつか見覚えのないマジックボックスがあったため、とりあえずリビングに置いておいたんだけど、その中を確認してみると中にはかなりの量の食料や水、生活に使える雑

貨類が入っていた。おそらくだけど……クロが僕らのためにと、荷物の中に忍ばせておいてくれたのだろう。その気持ちが、本当に嬉しかった。

クロの荷物の中にあった携帯食で簡単な夕食を済ませると、僕たちは、風呂とトイレの修理に取り掛かった。僕的には研究室の準備をしたいところではあるものの、この二つが機能しないことには、今後の生活に支障をきたしてしまうため、こちらを最優先としたわけだ。

風呂もトイレも、どちらも近くの小川の水を利用しているようだった。家の裏にある大きな水槽に水を溜めその水を利用していたようなんだけど、その水を引いていた管が途中で破損していた。

「これは代替品がないとちょっと直せそうにないですニャ」

首をひねっているウーニャを前にして、僕もどうしたものかと首をひねっていたのだけど、ふとその時、研究道具の中に硬質ガラス管があったのを思い出した。これを荷物から取り出し、ウーニャとエルデナに支えてもらいながらこれを管につないでみたところ、若干調整を加える必要はあるものの、どうにか使えそうだった。

管をつなぎ、管に詰まっていた泥や草木を取り除くと、小川の水が勢いよく貯水槽へと流れ込み始めた。事前に綺麗に掃除しておいた貯水槽の中に、どんどん水が溜まっていく。僕たちは思わず笑顔になっていた。

水槽の中や管の中がかなり汚れていたため、僕とエルデナが浄化魔法を、ウーニャが雑巾をそれぞれ駆使して徹底的に洗浄を行ったんだけど、その上で、水槽の中に水質を改善する機能を持っている浄化魔石を設置しておいた。ここまでしておけば、飲み水や風呂の水として使用してもまず大丈夫だろう。

そろそろ暗くなってきたので、室外の作業はここまでにして、僕たちは室内へと移動していった。

魔石灯という、光を発する魔石が組み込まれている置き型の明かりを手に、僕たちは風呂とトイレの修理に取り掛かった。

幸いなことにどちらも大きな破損はなく、ただ汚れていただけだったため、水槽の清掃でしたように、僕とエルデナの浄化魔法と、ウーニャの雑巾がけでどうにか使えるようになった。水が出なかったのも、水槽に水が溜まるようになったおかげで無事改善されていた。

思ったよりも簡単にお風呂とトイレが使えるようになったことに、僕たちは安堵しきりだった。

お風呂はともかく、トイレは……僕はいいけど、ウーニャとエルデナに、外での用足しを強要し続けるのはどうにも……

ちなみに、この貯水槽による水供給システムは、台所の水源にもなっていたらしく、貯水槽に水が溜まったことで、台所でも水が使用可能になっていた。念のために浄化槽から蛇口までの間の水道管を、僕とエルデナの浄化魔法で徹底的に洗浄したのは言うまでもない。

お風呂には魔石を使った湯沸かしシステムが設置されていた。これは火属製の魔石を利用して、水をお湯にする装置なんだけど、肝心な火属性魔石の効力が切れているらしく全く機能していなかった。

「これではお風呂を沸かせませんニャ……」

湯沸かしシステムのスイッチを押しながら、ウーニャがうなだれていた。

僕は、そんなウーニャの横で魔法袋のリストを展開して、その中身を確認していた。

魔法袋は本体に触りながら『リスト展開』と念じることで、その中身をリスト化したウインドウを目の間の空間に生じさせることが出来るため、その機能を利用している。

「……火属性魔石ならこの魔法袋の中にいくつか入ってたはずだけど……」

クロの荷馬車に乗って移動していた時に魔法袋の中身を確認していた僕は、この中に火属性魔石が入っていたことを確かに確認していた。

その記憶どおり、程なくして僕は火属性魔石をリストの中から発見することが出来た。

リストの中にある『火属性魔石』の部分を指で押すと、そこが光った。

同時に、僕の目の前に真っ赤な色をした火属性魔石が出現した。

それを手にした僕は、先ほどからウーニャがあれこれ触っている湯沸かしシステムの前へと移動した。

「……うん、このシステムなら使ったことがある。確かここをひねると蓋が開いて……」

僕は、箱状の湯沸かしシステムの本体の横にある取っ手をひねり、そこにある蓋を開けると、その中にあった火属性魔石を取り出した。

案の定、その火属性魔石は完全に効力を失効していたらしく、本来の赤色ではなく、無色透明になっていた。僕は、先ほど取り出したばかりの火属性魔石をそこへセットして、点火のスイッチを押してみた。すると、先ほどまで全く作動しなかった湯沸かしシステムが、音を立てて稼働しはじめた。

どうやら、システムそのものは壊れていなかったようだ。もしシステム本体が破損していたら、火属性魔石を交換しただけではこうはいかなかっただろうし、おそらく僕たちでは修理することは出来なかったと思う。

とにもかくにも、これで温かいお湯のお風呂には入ることが出来そうだ。

正直、外で水浴びをする羽目になることも覚悟していただけに、僕は安堵のため息を漏らした。


家の中であれこれ作業をしていた僕たちは、夜中になりかけたところで今日の作業を打ち切ることにした。

僕・エルデナ・ウーニャの三人はすっかり埃まみれになっていたため、とりあえず交代でお風呂に入ることにした。

先にエルデナとウーニャ二人で入ってもらい、僕は後から一人で入らせてもらおうとしたところ、

「……いえ、あなたが先に入ってくれていいわ……いろいろ疲れているでしょうから」

エルデナがそう言ってくれたこともあって、僕が先に入らせてもらうことになった。

そんなわけで、修理が終わったばかりの湯船に浸かっていたんだけど、

「ぼっちゃまー、お背中お流ししますニャ」

体にバスタオルを巻き付けた姿のウーニャが浴室に乱入してきて、僕は思わず首まで湯に浸かりな

がら目を丸くしたんだけど、
「……ウーニャ！　ちょっと待ちなさい！」
その後方からエルデナまでもが浴室に駆け込んできて、さらに目を丸くするしかなかったわけで
……
ウーニャには、丁重にお断りして、エルデナと一緒に浴室から退散してもらったんだけど……薄い
タオルで体の前面を隠しただけという、エルデナのあられもない姿が目に焼き付いてしまって……僕
はしばらくいろんな意味で困ってしまった。

みんながお風呂からあがったところで、僕たちはウーニャが準備してくれた少しだけ贅沢な食事を
頂いた。よく見ると、その料理は野宿していた際によく食べていた缶詰の保存食がメインだったんだ
けど、どれも一手間加えられていてすごく美味しそうだ。とても缶詰には見えなかった。

「……あの缶詰をこんなにおいしそうにしちゃうなんて……さすが元メイドね」

エルデナも、感心したようにその料理を見つめていた。

「えへへ、それほどでもないですニャ」

ウーニャはそう言いながら、嬉しそうに右耳をパタパタさせていた。

ウーニャが喜ぶ時の癖みたいなもんなんだよね……右耳だけパタパタさせるのって。

食事を終えると僕は改めてウーニャとエルデナに向かって軽く頭をさげた。

「今日は本当にお疲れでした。そしてありがとう」

僕の言葉に、二人は笑顔を浮かべた。

「住む場所場見つかってなによりですニャ」

と、ウーニャ。

「……サファテのこれからの生活が良きものになりますように……」

と、エルデナ。

二人の言葉を受けた後、僕たちは水の入ったグラスを合わせた。


こうして、僕の新しい生活がようやく始まった。


その夜、僕たちは二階のそれぞれの部屋に別れて眠りについた。

使えそうなベッドがなかったため、僕たちはみんなハンモックを室内に吊るして眠った。

寝慣れていないせいか寝付きこそ悪かったものの、荷馬車の硬い床よりははるかにマシだったこともあってか、寝起きはかなり気持ちのいいものだった。

僕が部屋を出ると、ちょうどエルデナも起き出してきたところらしく、伸びをしながら戸を開けたんだけど、僕と目が合うなり、

「……ち、ちょっと待って……寝起きは見ちゃダメ……」

そう言って、顔を手で隠しながら、慌てて一階の洗面所へ駆け込んで行った。エルデナなら、お化粧なんかしなくても十分綺麗だと思うんだけど……これぱっかりは僕がどうこう言うべきことではないなと思い、その言葉は胸にしまっておくことにした。

エルデナに続いて一階のリビングへ降りると、

「ぼっちゃま、おはようございますニャ」

すでにウーニャが朝食の準備を整えてくれていた。サンドイッチとサラダが大皿に載せられていて、それぞれの席の前に取り皿と手拭き用のナプキンが置かれている。

程なくして、洗面所から戻ってきたエルデナを加えた僕たちは、三人で一緒に食事を食べ始めた。

「ある程度片づけを進めたら、近隣の様子を確認しておかないといけないね」

サンドイッチを口に運びながら僕がそう言うと、

「あぁ、それニャら……」

ウーニャが卓上に紙を広げた。

「半径一キロくらいの範囲でしたら、夜明け前に一通り確認しておきましたですニャ。これがそれを

元にして書いた地図ですニャ」

ウーニャが広げたその紙には、この集落を中心にした周囲の状況が細かく書きこまれていた。その手際の良さと、地図の精巧さに、僕もエルデナも思わず感嘆の声をあげた。

ウーニャによると……

この集落跡地は山の斜面の中程に位置していて旧街道はその山の周囲を沿うようにして続いているんだとか。周囲には特に危険な生き物などが生息している様子はなかったという。ただ、山頂を越えた向こう側はあまり人の手が入っていないらしく、そちらには魔獣の気配がかなり濃厚だったそうだ。

その話を聞いた僕は、

(うまくいけば狩って食料にすることが出来るかも……)

そう思ったりもしたんだけど、今まで狩りの経験など皆無の僕にそんなことが出来るとは思えないわけで……とりあえず落とし穴などの罠を試みるくらいから始めてみようかな、などと考えを巡らせていった。

「エルデナ様がお探しの魔石の鉱脈も、若干ですけどありそうですニャ」

そう言ってウーニャは地図の一ヶ所を指さした。そこを見つめながらエルデナも、

「……そう、それは助かるわ」

そう言いながら、ウーニャに向かって頷いていた。

話を終えた僕は、木の家の近くにある畑の跡地へと出向いた。

雑草が生い茂ってはいるものの、その合間からは自然のままに成長している野菜の姿もちらほら見え隠れしていた。

ここで僕はまず風魔法を使用した。部分的に突風を巻き起こし、その勢いで雑草を根元から空中へと巻き上げていく。野菜まで巻き上げてしまわないように注意してはいたんだけど、やはり何本かは犠牲になった。

続いて、土魔法を駆使し、畑の中に残してあった食用の野菜類を畑の角の一角へ土ごと移動させていく。

さらに、他の部分の土を下から上へとかき混ぜる意識で上下移動させていく。いわゆる天地返しというやつだ。こういった農業の知識は、大学の構内にあった畑作地を借りて薬草の栽培などを行っていた際に身につけた物だったんだけど、まさかこんなところで役に立つとは夢にも思わなかった。

僕の作業を横で見ていたウーニャが、

「やっぱり魔法は便利ですニャ。これだけの作業を手作業だけでやろうと思いましたら、三日はかかりますニャ」

感心しきりといった表情をその顔に浮かべながら、僕の風魔法のせいで周囲に飛び散っている雑草を拾い集めてくれていた。……こういったあたりは、もう少し改善の余地がありそうだ。

ある程度畑での作業を進めたところで僕とウーニャは一度家に戻った。

「昼からは、山の向こうの様子を見に行ってみよう」

僕の提案を、ウーニャとエルデナも了承してくれたので、早速出かける準備に取り掛かった。

木の家の窓や扉には施錠魔法でロックをかけ、僕・エルデナ・ウーニャでないと開けられないように設定しておいた。

……こういうとかっこいいんだけど、僕の使用している施錠魔法は初級の初級なため、ちょっと魔法を使役出来る人がくればあっさりと解除されてしまう程度のものでしかない。

先ほど畑で使用していた風魔法や土魔法にしてもそのレベルの威力しか持っていない。あれこれ魔法の勉強を続けてはいるものの、今はこれが精一杯な感じだったりする。学園の魔法学の教員からは、

『君と相性のいい魔法が見つからないんだよね』

と言われたりしたもんだけど……ホント、自分の魔法能力の低さを考えるにつけ、ため息しか出ない……

程なくして、僕たちは畑の向こうにある緩やかな斜面を登っていった。

魔獣と出くわした際に備えて、僕とエルデナは弓を手に持ち、ウーニャは短剣を腰のベルトに差していた。

ウーニャは背にリュックを背負っていたんだけど、この中には皆の昼食用の弁当が入っているそうだ。

山頂を越えて少し下ると、割と広い平原に出た。その一帯を三人で散策していると、ウサギタイプの小型魔獣が結構いた。狩りの獲物にはもってこいといえる。

僕とエルデナは即座に弓で射たものの、僕たちの放った矢はことごとく躱されてしまった。

僕もエルデナも、学園では弓術も選択しており共にS級判定を受けていたんだけど、やはり実際に動く魔獣が相手ではうまくいかないということを思い知らされてしまった。

「……授業の時のようにはいきませんね」

エルデナは、そう言いながら苦笑を浮かべていた。僕も、エルデナ同様に苦笑を浮かべながらはずれた矢を回収しに行こうとした。

そんな僕たちの横からウーニャがすごい勢いで駆けだした。身を低くし、森に逃げ込もうとしていた魔獣たちへあっという間に追いつくと、短剣一本で瞬く間にウサギタイプの小型魔獣を四羽仕留めてしまった。

「ぼっちゃま、エルデナ様、今夜の食材が確保出来ましたニャ」

ウーニャは、獲物を手にしながら笑顔を浮かべていたんだけど、そのあまりの早業に、僕とエルデナはあぜんとしながら拍手を送るのが精一杯だった。

とはいえ、この辺りで狩りも出来ることがわかったわけだし、これは大きな成果だといえた。

ウーニャが仕留めた獲物を魔法袋に詰め込むと、僕たちは森の奥へ向かって進んでいった。

僕もなんとかして獲物を仕留める事が出来るようにならないと……

……一ヶ月後

木の家での生活は、思いのほか快適なものになっていた。

廃屋の中から使えそうな家具を見つけては、それを補修して木の家へと運び込んでいる。

そのおかげで、各自の部屋にベッドやタンス、本棚まで備えることが出来た。

一階の研究室の方も、学園で使用させてもらっていた研究室に比べれば簡素ではあるものの、簡単な薬品の調合を行うのには支障ない程度の設備を備えることが出来ていた。

さらにありがたいことに、山向こうの森の中には薬草類が豊富に自生していたので、薬品調合の材料に困ることもなかった。


狩猟の方も、この一ヶ月の間に僕とエルデナの弓の腕がかなり上達し、小型魔獣くらいなら一発で仕留めることが出来るまでになっていた。

一度、巨大なマウントボアに遭遇した際には弓が全く通用しなかったため、僕とエルデナが火魔法を同時に放ち、ひるんだところをウーニャが仕留めてくれたんだけど……その時のウーニャって、自分の頭の倍はある岩をマウントボアの眉間に叩き込んだわけで……そのすさまじさに僕とエルデナは、しばらくあぜんとしてしまった。とはいえ、この大物のおかげでしばらくの間食卓が豪勢になったわけで、本当にありがたかった。

畑の方は、とりあえず順調に進んでいる。自生していたジャルガイモの実を種芋にして植えてみたところ、早くも芽が出ている。他にも、種を収穫することが出来たタルマネギなどを植えてみたんだけどこれも順調に育っている。

この山にはありがたいことに食用に適している植物がかなり自生しているため、狩りのついでにそれらを採取しては食用にしていて、今のところ困っていない。一部は、株ごと持ち帰って畑に植えているんだけど、野生種だけあってどれも元気に育ってくれている。この調子だと二～三ヶ月後には畑からも結構な収穫が見込めそうだ。

集落内にある廃屋にも手をつけている。比較的状態のいい家屋の内部を綺麗に片づけて、簡単な修繕を施している。今のところ、居住可能なまでに修繕出来たのは三棟だけど、なにかあった時には役に立つかなと思っている。

その中の一棟は、元は宿屋だったらしく一階には酒場らしき大きなスペース、二階に客室らしい部屋が並んでいて、建物の裏には荷馬車を駐めるための馬小屋などがあった。比較的損傷が軽微だったこともあってこの建物を最初に修繕し、僕たちが乗ってきた荷馬車と馬を駐めているんだけど、まだまだかなりの荷馬車を係留することが出来るスペースが空いている。山裾の街道が出来るまでは、ここも行き交う旅人たちで賑わっていたんだろうな……と、そんなことを考えてしまった。

そんなある日の朝。

僕たちがいつものように狩りへ出かけようとした時のことだった。

「……ぼっちゃま、なにか来ますニャ……荷馬車のようですニャ」

耳をピクピクさせていたウーニャがいきなりそう言うと、旧街道の方へ向かって駆けだしていった。

僕とエルデナもウーニャの後に続いていったんだけど、その前方に見えて来た荷馬車にはクロの姿があった。

僕の姿を見つけたクロは、

「ようサファテよ！　どうにか生きておったようじゃな」

そう言うと、いつものようにガハハと笑いながら手を振ってくれた。グリーンコンベで別れて以来なので一ヶ月ぶりの再会なんだけど、僕らはこの集落での生活を充実させるために必死だったこともあって、もっと久しぶりの再会に思えてしまう。

クロは、僕たちが自分たちの住む家だけじゃなく、元宿屋やその裏にある馬車の係留施設まで使えるようにしていたのを見てびっくりしていた。

「とりあえず住むくらいならなんとかなるじゃろうとは思っとったんじゃが……まさかここまで整備しておったとはのぉ……いや、大したもんじゃわい」

そう言うと、クロは再びいつもの笑い声をあげていた。その笑い声に釣られて、僕たちも思わず笑顔になっていった。

クロは、食べ物や生活に必要な雑貨類を大量に持って来てくれていた。

僕が代金を支払おうとすると、

「今回はただでええわい。引越祝いってことで取っておけ」

と、頑なに言い張るため、代金の代わりに一晩泊まっていってもらうことにした。幸い、宿屋は宿泊出来るようになっているので、クロたちにはそこを使ってもらうことにして、夜はみんなで宴会をすることにした。料理は、僕たちが仕留めた魔獣の肉や、森で収穫した野菜類が中心なんだけど、ウーニャが腕によりをかけて料理をしてくれたのでかなり豪勢な出来栄えになっていた。

最近になって知ったんだけど……エルデナは料理がほとんど出来ないらしい。ウーニャが料理ているると、いつも手伝おうか手伝わまいかといった感じでウロウロしていたので、尋ねてみて発覚したんだけど、

「……その……べ、勉強に明け暮れていたから……」

エルデナは、そう言いながら頬を真っ赤にしていた。

今は、ウーニャが先生になってエルデナに料理をあれこれと教えてあげている最中なんだけど、今日の料理のいくつかは、そんなエルデナがウーニャの指導を受けながら作ったものだそうだ。心配そうな表情で料理を見つめているエルデナに、

「どの料理もおいしそうだね」

そういいながら微笑みかけた。

すると、エルデナも嬉しそうに笑い返してきた。

料理以外にも、今日はクロが持参してくれた酒があるため、宴会はかなり盛り上がった。クロの部下の小鬼人たちも、笑顔で料理を食べ、酒を飲んでは楽しそうに歌っていた。そんな宴会中にクロが教えてくれたんだけど……ここから街道に出て二日ほど南下したところにある宿場町……以前、この集落跡地に住んでいた人たちが移住した先なわけなんだけど、ここにはすでに僕を宿泊させないようにとの通達が回っていたとのことだった。ただ、ここから北西に二日ほどいった山の麓にわりと大きな亜人種族の集落があるそうなんだけど、ここには通達が回っていなかったそうだ。クロが言うには、

「亜人種族だけの集落じゃでな、サファテが立ち寄らないと思ったのかもしれんな」

とのことだった。

ちなみに、この集落は、周辺の亜人種族の小集落とも交易をしているそうでそれなりに賑わっているとのことだった。

「この集落はの、ゴルン山の麓の聚落と言うんじゃが、サファテよ、お主が行く気があるんじゃったら、ワシが一緒に行ってそこの長に紹介してやるが、どうじゃ、行ってみるかの?」

クロがそう言ってくれたので、僕はお願いすることにした。

交易が出来る場所というのはやはり魅力だ。うまくいけば、僕の作った薬などを販売することが出来るかもしれない。そうすれば、ここでの生活も豊かになるかもしれない……と、そんなことを思ったりした次第だ。

今日は、そんな会話を間に挟みながら、みんなでわいわい楽しく過ごした。お酒で、頬を赤く染めたウーニャが、

「はいはい皆さま、一緒に踊りましょうニャ」

陽気に歌を歌いながらみんなの前で踊り始めた。するとクロも、

「おほほ、こりゃいい！　どれ、ワシも踊るぞい」

そう言って立ち上がると、ウーニャの隣で踊り始めた。

一緒に踊り出す者
拍手や歓声を送る者
それを見ながら酒を飲む者

この日はみんな、そんな感じで遅くまで楽しい時間を過ごしていった。


翌日、僕とエルデナ、ウーニャの三人は、クロと一緒に馬で出発した。

クロの部下のみんなには留守番と荷馬車の護衛をしてもらいながら、行商の疲れを癒やしてもらう

ことにしてある。

元街道だった道をしばらく進み、途中から森の中へと進路を取る。僕は、クロがいない時でも道に迷わないようにと、以前ウーニャが作ってくれた手書きの地図に印をつけながら後に続いていく。

途中で一度野宿をしてから、さらに半日進むと、急に森が開け、賑やかな集落が目の前に現れた。

集落の周囲は高い木の柵で覆われており、見張り台から周囲を見張っていた犬人《ドッグピープル》たちが、僕らに気づいたらしく駆け寄ってきた。すると、その中の一人に向かってクロが笑顔で手を振った。

「よう、グーグス。ワシじゃ！　クロじゃ！」

「なんだ、お前さんか。こないだ来たばかりじゃないか。なにか忘れ物でもしたのか？」

二人はお互いに握手を交わしながら笑い合っていた。

このグーグスさんと呼ばれている方はクロより若い感じの方で、昔は王都で傭兵をしていたそうだ。今は生まれ故郷のこの集落の衛兵長を務めているとのことだった。

クロが僕たちのことをグーグスさんに紹介してくれたおかげで、僕らはすぐに集落へ入らせてもらえた。

この集落の住人は全員亜人種族なんだそうだ。そのため人種族である僕のことが珍しいらしく、僕はあっという間に集落の皆の注目の的になっていた。

「この村で商売をしたいんじゃったら、商店街組合に顔を出しておかんといかんぞ」

クロは慣れた足取りで、商店街組合の事務所だという小屋まで連れていってくれた。

小屋に入ると、蟻人《アントピープル》の女性たちが忙しそうに動き回っていた。その中の一人がクロに気づいたらしく、手を振りながら駆け寄ってきた。

「あらあら、クロさんじゃないですすか！　久しぶりですすすね！」

「おう！　アレアも元気そうじゃな！」

僕たちの元に駆け寄ってきたのはこの商店街組合の事務長を努めている蟻人のアレアという女性だった。

「こいつらは、ワシの知り合いでな。近くの森に住んどるんじゃが、この村で交易をしたいそうなんじゃ。すまんが手続きをしてやってくれんかの？」

「クロさんの紹介なら問題ないですすね。とりあえず、この書類に記入してくださいですす」

そう言って手渡された書類には、「ゴルン山の麓の集落交易申請書」と書かれてあり、簡単な質問事項が並んでいた。最初に名前を記入する欄があったんだけど……実家を勘当されていて、しかもグリード家からの通達がいつやってくるかわからない状態の僕がここに名前を書いていいものかどうか……書類を前にして僕が悩んでいると、クロが僕の耳元に口を寄せてきた。

「そこは適当に書いておけばええんじゃよ。ここは亜人種族の集落じゃ、記載内容が正しいかどうかなど気にしてはおらん」

クロはニカッと笑いながら僕の背を叩いてくれた。その言葉に安堵しつつ、名前欄に「ゴセージ」と記入すると、他の項目も記入していった。ちなみに、このゴセージという名前は僕が学園で言われていたあだ名だったりする。お世辞のひとつも言わないくそ真面目な性格を皮肉ってゴセージと言われていたんだ。このあだ名は、僕の親しい友人しか知らないあだ名なので、グリード家もおそらく把握はしてないはずだ。

登録名はゴセージにした僕だけど、アレアには、

「友人からはいつもサファテと呼ばれていますので、そう呼んでいただけたら幸いです」

そう伝えておいた。

「サファテさん、薬売るですです?」

取扱品の項目に僕が記入した文字を確認したアレアが僕を見つめてきた。

「大したものではないのですが、魔法薬学を学んでおりましたので薬草などを調合して作成しておりまして……」

僕がそう説明すると、アレアは、

「ちょうどいいですです!」

そう言うが早いか、僕の手を掴んで小屋の外へと駆けだした。

移動中のアレアの話によると、

「最近ですですね、原因不明の高熱を出す人が増えているですです。とても困っているんですです」

とのことで

「サファテさんのお薬でどうにかならないですですか？　もしこの熱に効く薬をお持ちでしたらぜひぜひ購入させてほしいですです」

アレアは、少々焦った様子で、僕にそう話しかけていた。


アレアに案内されたのは集落のはずれにある小さな教会だった。

中に入ると十人くらいの亜人種族たちが、床に並べられた布団に寝かされており、その亜人種族の間を、シスターの衣装を着込んでいる梟人《オウルピープル》が、水の入った桶を持って右往左往していた。その梟人は僕たちに気が付くと、うろたえながらも僕たちの前へ駆け寄ってきた。

「アレアさん、その方々はどなたですお？　ここは熱病の方でいっぱいですお。感染するかもしれませんから危ないですお」

息を切らせながらそう言った梟人の目の下には大きなクマが出来ており、服装もかなりボロボロだ。

多分、ほとんど寝ないでここで寝ている亜人種族たちの看病をしているのだろう。

「僕は魔法薬学の知識があります。薬品を生成出来ますし、簡単な治癒魔法も使えますのでなにかお役に立てるかもしれないと思いまして……」

「ほ、本当ですお!?」

僕の言葉に、梟人は喜びの表情をその顔に浮かべながら飛び上がった。

彼女の名前はヨーメといい、簡単な薬草の調合が出来るためここで治療行為をしているんだそうだ。

普段はシスターとしてこのテルスリア教の教会を管理しているのだという。

テルスリア教とは、人種族至上主義を教義としているボブルバム教とは違い、亜人種族の繁栄を教義としている亜人種族に広く信仰されている宗教だ。王都では見かけたことはないけど、こういった辺境の街や村、集落には教会が多くあると聞いた事がある。実際に見るのは初めてだ。

僕は、ヨーメに案内されて患者を一通り診て回っていった。

発症している亜人種族たちは全員非常に高い熱を出しており、首のあたりに赤い斑点が浮き出ていた。

「……デパ熱だね、これは」

「……そうね、私もそう思うわ」

僕の言葉に、エルデナも頷いた。


デパ熱とは……

森の中で怪我をした際に、そこからデパ菌と言われる菌が体内に入り込むことで感染する。

デパ菌は、腐った肉の中で繁殖することが多い。体内に入ったデパ菌は、宿主の肺で増殖し咳《せき》などで飛沫《ひまつ》感染する危険性が高い。感染者は、高熱を発しそのまま死に至ることもある重病だ。感染者の首に赤い斑点が浮き出ることから赤斑点病（せきはんてん）とも言われている。

確かに重病ではあるものの、その治療方法は至ってシンプルだ。肺の中に巣くっているウイルスを死滅させればいい。このウイルスは、幸いなことに肺以外では増殖出来ないので、肺に集中して薬品を投与すればいい。持ってきていた解熱剤に抗生作用・殺菌作用の治癒魔法を付与し、それを患者たちに投与していく。飲むのではなく、吸い込んでもらい肺に直接薬を送り込んでいく。

「ヨーメさんたちも吸引しておいてください。まだ発症していなくても飛沫感染している可能性が高いですから」

そう言って薬を差し出すと、ヨーメはなぜか困惑した表情をその顔に浮かべながら。後ずさりしてしまった。

「どうしたんだい、ヨーメ？」

「あ、あのですね……その……このお薬って、おいくらなんですお？　……ここの皆も、教会も……その、あまり裕福ではありませんですお……お高いお薬ですと、あとで代金を請求されましても、お支払いすることが、その……」

ヨーメは両手をわたわたと動かしながら僕にそう言った。あぁ……そうか、お金の事を心配していたのか。そのことを理解した僕は、

「お金なんていりませんよ。今は命の危機に瀕している人たちがこんなにいるんですからね。そんなことを気にしている場合じゃありません」

僕がそう言うと、マスクをして患者さんの世話を始めていたウーニャが目を丸くした。

「ぼ、ぼっちゃま!? よいのですかニャ!?」

ウーニャは僕の言葉にびっくりしていたけど、僕はそんなウーニャに微笑みながら頷いた。

「この薬の元になっている薬草は全部裏山で取れたものだしね。そういうウーニャもちゃんと吸っておいてね」

僕の言葉を聞いたウーニャは、

「本当にぼっちゃまはお優しいですニャあ……お人よしとも言えますニャ」

少し呆れた口調でそう言いながら、僕から薬を受け取った。

患者への薬の投与を手伝ってくれているエルデナにも同様の事を伝えて薬を手渡した僕は、他の患者さんの元へと移動していった。


薬の効果はすぐに現れはじめた。

ウイルスが巣くっている肺に直接薬を送り込んだおかげだろう。患者の皆は数時間もすると熱が下がり始めた。その光景を目の当たりにしたアレアとヨーメは抱き合って喜んでいた。僕たちの治療の様子を窓の外から見つめていた亜人種族の皆さんが歓声をあげているのも聞こえてきた。その光景を見回しながら、僕は安堵のため息を漏らした。


その後、話が出来るくらいにまで回復した方から少し話を聞いた。

その人の話によると、村の近くにマウントボアの大型種、デラマウントボアという魔獣の腐った死

体がたくさん放置されている場所があったそうで、今回デパ熱に感染した方々は全員、その死体を埋める作業をしている最中に発症したというのである。

腐肉で増殖するデパ熱ウイルスの特徴にも合致するだけに、そこが感染源と考えて間違いなさそうだ。

「その腐肉にはデパ熱ウイルスが増殖していると思われます。埋めるのではなく、すべて焼き払うことをお勧めします」

僕の進言を受けたアレアは即座に衛兵長のグーグスの元へ走った。

グーグスはすぐに配下の衛兵たちを引き連れて現地へと出向き、すべての腐肉を焼却処分にしていった。

皆、口をマスクや布で覆い、火のついた松明を大量に腐肉へと投げ込んでいくという手法を使ったそうだ。デラマウントボアの表層部分には脂肪分が多く、この火がこの脂肪に燃え移り、激しく燃え始めたとのことだった。

「量は多いけど、まぁ明日の朝までには全部灰になってると思うぜ。念のために衛兵たちに見張らせてるけどさ……しかし、もったいない話だよなぁ、デラマウントボアの肉といやぁ、結構な珍味だし高値で売れるってのにさぁ」

グーグスはそう言いながら苦笑していた。

おそらく、これでデパ熱は終息するだろう。

今回の一件はあっという間に集落中へと伝わった。

教会で治療を行った際に持参していた薬品をすべて使い果たしてしまった僕らは、一度木の家に戻ろうとしたんだけど、そんな僕たちを集落の人たちが引き留めた。

「あんたは集落の恩人だ」

「なんもないところだけど、せめて飯でも食って行ってくれんか？」

口々にそう申し出てこられるみなさんに押し切られる形で、僕たちはその夜、集落の酒場で歓待されることになってしまった。

会場となった酒場の真ん中では、開始早々からウーニャが楽しそうに踊っていた。

そんなウーニャの楽しげな様子に釣られて、集落の亜人種族の皆さんもウーニャの周囲で踊り始めていた。

「ねーちゃん、いかしてるじゃキ！　どや？　俺と付き合わねぇキ？」

「ニャはは！　ウーニャはぼっちゃんのメイドですニャ〜。他の誰の者にもなりませんニャあ」

そんな会話を交わしながら、楽しそうに踊っているみんなを眺めていると、

「……お疲れさまでした」

エルデナが、僕にお酌をしてくれた。


お疲れさまでした。


そう言ってもらえるだけの仕事を、今日の僕は出来たと思う。

そう実感出来たこと、そしてその言葉をエルデナにかけてもらえたことを、僕はとても嬉しく感じていた。そんな僕の前に、アレアとヨーメがすごい勢いで駆け込んできた。

「サファテさん飲んでますます？　あなたは集落の恩人ですです。今日はしっかり食べて飲んでもらいますます」

そう言いながら、僕の前に料理が山盛りになったお皿を置くアレア。

「ホントにもう、なんとお礼をいったらいいですお……私一人の力ではなにも出来なかったですお」

そう言いながら、ワンワン泣きながら僕にお酒の瓶を差し出してくるヨーメ。その二人を合図とばかりに、僕の周囲を集落の皆さんが一斉に取り囲んできた。皆さん口々に、今回の件のお礼を言ってくれている。中には、病人の家族の方々もおられたようで、

「あなたのおかげで、主人の命が救われました。ホントにもう、なんとお礼を言っていいのやら……」

そう言って涙を流す方までおられたわけで……

思わぬ出来事に遭遇してしまった僕たちだけど、これがきっかけでこのゴルン山麓の集落の皆さんと一気に親密になれた気がする。

この日の宴はそのまま翌朝まで続いていき、僕の周囲から人の姿が途切れることはなかった。

最後まで笑顔で応対していた僕なんだけど、夜明け頃からの記憶があまり残っていなかった。

少し仮眠を取った僕たちは、グーグスに案内してもらってデラマウントボアの腐肉を焼却処分している場所へ行ってみた。

……と、いうのも……どうにも腑に落ちないことがあったからだ。

グーグスが言っていたとおり、すでに腐肉はすべて灰になっており、衛兵のみんながその灰を埋めている最中だった。

「う～ん……やっぱりなぁ……」

周囲を見回した僕は腕組みをして考えこんだ。

……というのも、この場所は山麓部の森の中で、獣らが殺到するほど餌が豊富な場所とはいえなかった。そんな場所に、なぜ大型の魔獣の死骸が大量にあったのだろうか？　しかもそのすべてが腐った状態だったというのも僕の疑問に輪をかけていた。

死んだ魔獣の肉が腐食するまでにはそれなりに日数がかかるはずだ。その途中で腐臭が漂い始めるため、集落の人々ももっと早く気づいて然《しか》るべきだったはずである。しかし、集落の皆さんの話では、この腐肉はわずか二、三日の間にここに出現したというのである。

「……誰かが遺棄したとは……考えられない？」

エルデナの言葉に、僕は首を左右に振った。

「昨日のグーグスの話だと、デラマウントボアの肉は食用にもなるし、売れば結構なお金になる品物らしいし、捨てるということはまず考えられないと思う」

僕の言葉に、エルデナは、

「……確かにそうよね」

そう言うと、再び考えこみはじめた。

そのままあれこれ考えを巡らせたものの、結局答えらしい答えを導き出すことは出来なかった。気にはなったものの、全く答えを見いだせなかった僕たちは仕方なくその地を後にし、ゴルン山の麓の集落へと戻っていった。

集落へ戻った僕は、その足で教会へ顔を出した。

教会では、昨日薬を投与した人たちが全員順調に回復しており、その様子を確認した僕は安堵のため息を漏らした。

「もう、皆さまには感謝しきりですぉ！」

患者たちに食事を配っていたヨーメが何度も頭を下げてくれた……のはいいのだけど、その度に、手にしている食事が豪快にこぼれてしまっていて、僕は慌ててヨーメの肩に手を当てて、さらに頭を下げようとするヨーメを制止した。

その後、患者の皆さんの様子を見て回った。皆さん、すでに熱も下がり、首の赤い斑点もなくなっており、この様子ならもう大丈夫だろう。

「ありがとう……本当にありがとう」

患者の一人が僕の手を両手で握り、何度も何度もお礼を言ってくれた。僕は笑顔を浮かべると、

「いえ、当然のことをしたまでですから」

そう返答した。

今回は様子見のつもりでやって来たこのゴルン山の麓の集落で、思いがけずに人助けを行うことになった僕たちだったわけだけど、こうして皆さんの役に立てたということがこの上なく嬉しかった。

昼過ぎに村を後にして帰路についたんだけど、集落の皆さんから今回のお礼として持ちきれないほどの食べ物などをもらってしまった。

「お気持ちだけで十分ですから」

僕は必死にそう言ったんだけど、最後は押し切られてしまった。

大量の荷物を魔法袋に詰めた僕は、集落の皆さんに見送られながらゴルン山の麓の集落を後にした。

村を出て少し行ったところで、馬の手綱を引きながら歩いていたウーニャが耳をパタパタさせながら周囲の様子を気にし始めた。

眉をひそめて、主に後方を気にしていたんだけど、

「……木陰に誰かいますニャ」

ウーニャにそう言われて後方の木陰を凝視してみると、木陰から時おり顔を覗かせながらこちらの様子を伺っている人影を見つけることが出来た。

顔を覗かせるのは一瞬のため、ウーニャに言われて気をつけていなかったら確実に見逃していた。

「……敵意はなさそうニャけど……念のために気をつけてくださいニャ」

ウーニャは、ナイフを手にすると、その人影へ近寄っていった。

すると……その人影は拍子抜けするぐらいあっさりとその姿をウーニャの前に現した。

見たところ亜人種族のようではあるのだけれど、一目見ただけではその種族が判別出来なかった。

僕が首をかしげていると、

「……私も経験のない雰囲気だわ……」

自らも亜人種族であり、亜人種族との交流が僕よりも圧倒的に多いエルデナも首をひねっていた。

そんな僕たちの前で、ウーニャがその亜人種族としばし言葉を交わしていたんだけど、しばらくするとウーニャはその亜人種族を僕の元へと連れて来た。

「ぼっちゃま、なんでもこの女の子のお姉さんが、この近くで大けがをして動けなくなっているそうですニャ。それで、集落のみんなの病気を治したぼっちゃまに助けてもらえないかと言ってますニャ」

なんでも、その亜人種族……少女と言うのは近づいて来てわかったんだけど、その子は声をかけるタイミングを見計らいながら、僕たちの後を追いかけてきていたのだという。

薬はすでになかったものの治癒魔法なら使用は出来るので、僕はとにかくその女の子と一緒に行ってみることにした。


彼女の名前はエーラといい、普段は森のもっと奥で姉のオーラと二人で暮らしているのだという。

エーラはかなり幼く見えた……おそらく十歳前後ではないかと思われる。二人は、数日前に、山で採取した果物を村へと売りに来たところを魔獣たちに襲われたのだという。


エーラに案内されたのは、腐肉を処理した場所の近くにある洞窟の中だった。エーラの言葉どおり、洞窟の奥には全身に傷を負っている亜人種族の少女が横たわっていた。いくつかかなり深い傷があり、このままでは命にかかわるのは一目瞭然だった。

すぐに、僕とエルデナは、深い傷に対して治癒魔法を施していった。ある程度の回復効果は見られたものの、予断を許さない状態に変わりない。一度集落へ戻ろうかとも考えたんだけど、ゴルン山の麓の集落には治療に必要な薬剤も施設もないため、少し無理をしてでも僕たちの木の家まで連れて帰るしかないと僕は思った。

「……そうね、それしかないわ」

僕の意見に、エルデナも賛同した。しかし、ここから木の家までどんなに急いでも一日近くかかってしまう。しかもこの状態では馬に乗せることも出来ないだろう。

「悩んでもしかたないじゃろ、とにかく一度集落に戻って荷馬車でも借りてくるのが先決じゃろう」

クロがそう言ったんだけど……確かに今はそれしか方法がない……か、僕がそう考えていると、エーラが僕の前へと歩み寄って来た。

「あの……姉さんと、もう一人なら、どうにかなるのですが……」

そう言って、僕を見つめるエーラ。

「『どうにかなる』だって?」

その言葉の意味がいまいち理解出来なかった僕は、思わず首をひねった。

「……確かに……怪我がひどいオーラと僕が一緒に木の家まで戻れれば、治療を始めることが出来るけど……」

僕がそう言うと、エーラは、

「……人前では、やっちゃダメって、オーラ姉さんには言われているのですが……」

そう言うと、僕らの目の前でその姿を変化させはじめた。

亜人種族の中には、自らの姿を、その種族の魔獣の姿に変形させることの出来る者が多い。エーラも、その類で自らの姿を種族の魔獣の姿に変化させているのだろう。そう考えていた僕たちの前に現れたのは……一匹の龍《ドラゴン》だった。

龍と言ってもかなり小型である。

おそらく、人としてのエーラが幼いように、龍としてもまだまだ未成熟なのだろう。

……しかし、よりによって龍だなんて。

僕は、エーラの姿を見つめながら思わず息を呑んでしまった。と、いうのも……この世界に龍はほとんど生息していないのである。

遥か昔には龍族がこの世界で暮らしていたそうなのだが、その龍族は魔法界という別世界へ移住してしまい、今ではその際に移住しなかった龍族の末裔《まつえい》がほそぼそと暮らしているだけなのである。

龍の死骸から取れる鱗や骨は、良質かつ希少な武具の材料として高値で取引され続けている。

そのため、生きた龍がいたとなれば、傭兵たちが集結して大規模な討伐隊を編成してもおかしくないのである。

それを知っているからこそ、オーラはエーラに『人前ではこの姿にならないように』と言っていたのだろう……でも、そのオーラの命が危ないことを悟ったエーラは、僕たちを信じ、僕たちにすべてを託したということなんだと思う。

龍形態になったエーラは、体全体を低くし、僕に背に乗るよう促《うなが》してきた。小柄なエーラの背では、僕が一人乗ると他に人が乗れるスペースはなかった。僕がその背に乗ったことを確認したエーラは、傷ついているオーラを自らの手で優しく抱きあげた。ここに残していくことになるエルデナたちに小さく頭を下げたエーラは、洞窟から歩いて出ると、そこから空に向かって飛び立った。

エーラは翼龍のワイバーン種らしく、小柄な体に似合わないかなり大きな羽を有していた。その羽を羽ばたかせながら、エーラは僕の指示に従って森の上を飛行していく。空を舞うエーラの移動速度はかなりのもので、洞窟を出発してからわずか数分で木の家まで到着してしまった。

僕は家で待っていたクロの部下たちの手を借りて、エーラの手からオーラを受け取り、木の家の中へと運び込むと、作り置きしておいた薬草や飲み薬を使っての治療を開始していった。人の姿へ変化したエーラも心配そうな表情を浮かべながら僕の後をついてきたんだけど……

「え、エーラ……き、君、なんで裸なんだい⁉」

「あ、あの……あの姿になると……来ていた服が破けちゃうんです……」

エーラは僕の前で真っ赤になりながら。胸と股間を手で必死に覆っていた。それでも、オーラの事が心配という気持ちが勝っているのだろう。決して僕の側を離れようとしなかった。僕は、自分の着ていたシャツをエーラへ掛けてあげた。

「とりあえず、それを着ておいてくれるかい。治療は僕に任せて」

僕が裸のエーラを見ないように気をつけながらそういうと、エーラは僕のシャツを慌てた様子で手にとっていった。

それから僕は二刻近く治療行為を続けた。薬を投与し、塗り薬を傷口に塗り、治癒魔法を施していく。もっと魔力の強い魔法使役者であれば、より即効性のある治癒魔法を使用出来るはずなんだけど、僕には今使用している治癒魔法が精一杯だった。

それでも治療の効果は徐々に現れはじめた。

それまで真っ青だったオーラの表情に血の気が戻っていき、夕暮れ前には目を覚ました。

「……あなたは……誰？」

オーラは警戒心が非常に強く、治療に対するお礼もそこそこに、僕に対する不信感を隠そうとしないまま僕のことを凝視し続けていた。その様子を見るにつけ、おそらくこのオーラも龍の亜人種族、龍人《ドラゴンピープル》なのだろう。僕はそんなオーラを見つめながらいくつかのことを思い出していた。

巨大な魔獣
突然現れた腐った死体
幼い龍
深手を負った少女

その一連の出来事が、不意に一つに繋がったような気がした。

龍は、確かに強い。その吐き出す炎はすさまじい威力を誇り、鱗も硬く普通の剣では傷ひとつ負わせることが出来ないらしい。だが……まだ成熟していない幼い龍というのは、能力のすべてが発展途上のため、肉食魔獣たちのいい餌でしかないはずだ。また、傭兵たちにとっても、龍討伐者《ドラゴンスレイヤー》の称号を得るのにおあつらえ向きの獲物であり、総じて狙われやすい存在だと聞いたことがある。何度も危ない目にあってきたからこそ、オーラは警戒心が異常に強くなったのだろう。

そして今回だけど……オーラはおそらく森の中で大型の獣……デラマウントボアに襲われたのだろう。デラマウントボアは雑食で、魔獣だけでなく、人種族や亜人種族を襲うこともある。そのデラマウントボアから妹を助けるために、オーラが龍化して戦ったのだろう。だが、まだ幼いオーラではデラマウントボアに相当苦戦したはずだ。

幼龍はまだ炎を吐くことも出来ず、動作も鈍い。それに対しデラマウントボアは動きが俊敏ですさまじい突進力を誇っている。

オーラが苦戦しているところに、その血の臭いを嗅ぎつけた他のデラマウントボアが殺到してきて、オーラは今回の重傷を負ったのだろう。

ただ、幼龍には特殊な自衛手段があると聞いたことがある。炎を吐けない代わりに、猛烈な腐食毒を口から吐き出すことが出来るというのだ。多分、オーラはこの腐食毒をデラマウントボアの大群に吐きかけることでなんとか撃退することが出来たのだろう。

その結果、村にほど近いあの場所にデラマウントボアの腐った死骸が大量に、しかもいきなり出現した……そう考えると大体のつじつまが合う気がする。

……ただ、二人が命を守るために行った行為が、結果として集落の人たちを命の危機にさらしてしまった……そのことに思い当たった僕は、どうにもやるせない気持ちになってしまった。


その日の夜……

オーラとエーラを前にして、僕は、自分の推測を二人に話してみた。

僕の推測を聞いた二人は、最初絶句し、言葉を詰まらせていたものの、

「僕の推測がたとえ事実であったとしても、僕は君たちを衛兵に突き出したり、危害を加えるつもりはないし、君たちが龍人だと広めるつもりもない。そのことは絶対に約束する」

そう伝えると、かなりの時間考えを巡らせた後、

「……あなたの、言われたとおりです……」

オーラが、そう言い、その横でエーラも頷いた。

二人は最初、オーラの腐食毒によって発生した大量の腐肉が原因で、ゴルン山麓の集落の人々がデパ熱にかかってしまったことに驚いていたが、患者はすべて僕たちが治療してきたこと、死者は一人もでなかったことを伝えると、自分たちのこと以上に安堵した表情をその顔に浮かべていた。

この話し合いの後、特にオーラは、僕に対する警戒心を和らげてくれたんだけど、

「そこまでしてくださった方に、あのような態度を取ってしまい、なんといってお詫びすればいいのやら……」

と、今度は過剰なまでに感謝と謝罪を繰り返し始めた。それをなかなか止めてくれなくなってしまい、僕は再び困ってしまった。


翌日……

ウーニャ・エルデナ・クロの三人が馬を飛ばして帰宅した。なんでも、エルデナが、

「……サファテがあの龍に取って食われたらどうするんですか！」

と、いきりたってしまい、三人は一睡もしないで戻ってきたのだという。

戻って早々、僕の姿を見つけたエルデナは、

「……よかった……」

満面の笑顔を浮かべながら僕に抱きついてきた。もっとも、すぐに平常心を取り戻し、

「……わ、私としたことが……な、なんて破廉恥な……」

そう言いながら顔を真っ赤にすると、僕から慌てて離れていった。


木の家にて一休みした三人に、僕はここまでの経緯を説明し、その上でオーラとエーラに引き合わせた。オーラはどうにか歩けるようにはなったものの、エーラの肩を借りないと歩けない状態だった。オーラとエーラは三人に深くお礼を述べながら頭をさげた。そんなオーラとエーラに、三人も笑顔で、

「……無事でよかったですね」

「ホントに、それがなによりですニャ」

「あぁ、命あってこそじゃからのぉ」

そう声をかけた。

その日の夕刻になると、

「そろそろ、荷の期限がやばいんでな、今回はこの辺でお暇させてもらうぞい」

そう言いながら、クロ一行が集落を出発していった。名残惜しいものの、今後もここで会えることがほぼ決まったわけだし、そのことが少し嬉しくもあった。

その夜、オーラを、エルデナ・ウーニャ・エーラの三人でお風呂に入れてもらった。その際に、エルデナにオーラの怪我の様子を見てもらったんだけど、

「……完治には一ヶ月はかかりそうね」

とのことだった。

それまで動かすわけにもいかないし、まだ治療も必要なので、二人にはオーラが完治するまでの間、この家で暮らしてもらうことになった。一階の、物置にしていた部屋を片づけ、そこをオーラとエーラ二人の部屋として使ってもらうことにした。

「本当になにからなにまでありがとうございます」

オーラは、僕たちに向かって何度も何度もお礼を言いながら頭を下げ、その後方でエーラも一緒になって頭を下げ続けていた。そんな二人の姿を見つめながら僕は、学生時代に魔法学全般に加えて、薬学や医学も学んでおいて本当によかった、と、改めて思い返していた。この勉学のおかげで集落の人たちを救えたわけだし、オーラを救うことも出来たのだから。

元父であったガポリには、僕が医学を学び始めたと聞くと、

『金持ちの患者だけを診療して、がっぽり儲けてグリード家の繁栄に尽くせ』

とよく言われたものだ……思い返すのも腹立たしい話だけどね。

一週間もすると、オーラは補助なしで歩くことが可能になった。

家の近くの畑まではリハビリを兼ねて歩いていき、時には野菜の収穫を手伝ってくれたり、ウーニャの料理の手伝いなどを、エーラと一緒にしてくれるようになっていた。

二人は、特に屋上の展望台からの眺めが気に入ったようで、よくそこに上ってはそこからの展望を楽しんでいた。

エルデナとウーニャともすっかり仲良くなっていて、毎朝、

「「おはようございます」」

「……はい、おはようございます」

「おはようニャ」

そんな元気な挨拶がリビングで交わされている。


さらにしばらく経ち、オーラの怪我も全治が近づいてきた。

そんなある日の夕食の時、オーラが、僕たちにお願いをしてきた。

「最初は、怪我が治ったら、以前暮らしていた森の奥の洞窟に戻ろうと思っていたのですが……エーラとも相談したのですが、皆さんがよろしければ、このままここに置いてもらえないでしょうか？」

そう言って頭を下げるオーラ。エーラも、その横で頭を下げている。僕は、そんな二人の肩に手を

乗せると、

「僕的には構わないと思ってる。むしろ仲間が増えて嬉しいんだけど、エルデナとウーニャはどうかな？」

そう言う僕に、

「……えぇ、私も賛成です」

エルデナはそう言ってにこっと微笑んだ。

「ウーニャにも異存はございませんニャ。二人はいろいろお手伝いもしてくれますニャし」

ウーニャも笑顔でそう言った。

そんな僕たちの言葉を聞いたオーラとエーラは、抱き合って喜び合った。


こうして、僕たちに新しい仲間が加わることになった。


二人が龍人だとばれてしまうといろいろ問題が起こりそうなので、偽装魔法を付与した魔石を装着した指輪を二人に身につけてもらうことにした。これで偽装魔法の効果で周囲には蜥蜴人《リザードピープル》の気配を発することが出来るため、よほどの事がない限り二人が龍人だとは気づかれないはずだ。こうでもしておかないと、二人の龍人の気配は、僕のような人種族はともかく、亜人種族同士だと容易に察知されかねないからね。

「なにからなにまで、本当にありがとうございます……」

その指輪を見つめながら、オーラとエーラは僕に向かって何度も何度も頭を下げた。

そんな二人に僕は、

「一緒に暮らすことになった家族みたいなもんだし、それぐらいしてあげるのは当たり前じゃないか」

そう言って笑顔を向けた。すると、二人は、

「家族……ですか……」

そう言いながら顔を見合わせた。

「……母が亡くなってから……これからはずっとふたりぼっちだと思っていました」

「……私たちに、家族が出来たのですね……」

二人は、そう言いながら、改めて僕に頭を下げてきた。僕は、そんな二人の肩を優しく抱きしめてあげた。二人は、僕の胸に抱きつきながら、しばらく涙を流していた。

そんな二人を、僕は優しく抱きしめ続けていた。


オーラたちがわが家の一員に加わって二週間ほど経過した。

森で採取した薬草を使った薬の生成が順調で、かなりの数量が出来上がっていた。そこで、僕たちはゴルン山の麓の集落までその薬を売りに行くことにした。

「それでしたら、私がワイバーンになってお連れいたします」

エーラが笑顔でそう言ってくれた。

確かに、ワイバーン化したエーラに乗せてもらえれば一刻もかからずに到着出来るものの、万が一誰かに発見されてしまったら大事になってしまうわけで……念には念を入れて、今回はエーラの申し出を気持ちだけ受け取ることにして、荷馬車で向かうことにした。

オーラは、怪我こそ治ってはいるものの、まだ無理をさせるのには不安があるため、ワイバーン化も遠出も控えてもらうことにしている。そのため、僕たちが集落に出向いている間、オーラの世話係としてウーニャとエーラが残ることにして、僕とエルデナが集落へ向かうことになった。

「サファテ様、エルデナ様、お気をつけて！」

元気に手を振るオーラとエーラ、ウーニャの三人に見送られながら、僕とエルデナは荷馬車を出発させた。

夕暮れ近くまで進んだところで野宿をする場所を探していると、水が染み出している岩場を見つけた。そこの近くにはかなり太い幹の木が何本も密集して生えている場所があり、その木の上で休めそうだった。今日はそこで一泊することにした。

この巨木の一本の幹が良い具合にえぐれていて、そこに馬と荷馬車がすっぽり収まるちょうどいい空間が出来ていた。そこに馬と荷馬車を入れた僕たちは、その入口のところに木の枝で簡単な蓋をして、念のために気配遮断の魔法もかけておいた。

こうしておけば、魔獣たちに馬を襲われることもないだろう。

木の上は、思った以上に快適で、僕とエルデナが足を伸ばして横になれた。

「……ここに小屋でも作ったら、ちょうどいい中間宿泊場所になるかもしれないわね」

この木の上が気に入ったらしいエルデナは、そう言いながら楽しそうに周囲を見回していた。

その時、エルデナが、

「……お風呂に入れていれば……サファテと……」

なにかぼそっと呟いたような気がした。

「ん？　エルデナ、今なにか言ったかい」

よく聞こえなかった僕はすぐに聞き返してみたんだけど、それに対してエルデナは、

「……い、いえいえいえ。なんでもないの……えぇ、なんでもないの……」

いつも冷静沈着なエルデナにしては珍しく慌てた様子でそう言いながら首を左右に振っていた。

妙に挙動不審なエルデナの様子に思わず首をかしげた僕だった。


この夜の僕達は、缶詰で夕食を済ませ、星空を見上げながら雑談をした後、早めに就寝した。

翌日早くに、この巨木の宿泊所を出発した僕たちは、かなり早い時間にゴルン山の麓の集落へ到着

することが出来た。前回、村の人たちの病気を治したこともあり、衛兵の人たちは、

「おぉ！　サファテさんじゃないか！」

「あんたは顔パスだ！　さぁ入った入った」

そう言って、すぐに集落の中へと入れてくれた。荷物検査の順番待ちをされている方々を結果的に追い越してしまったことになるため、すごく申し訳ない気持ちになってしまい、僕たちは順番待ちの皆さんに対して何度も何度も頭を下げながら集落へ入っていった。

薬を買い取りしてくれる雑貨店へ行く前に、まず村はずれの教会へ向かった。

教会の前では、ヨーメが掃き掃除をしていたんだけど、僕たちの姿に気づくと、

「サファテ様にエルデナ様！　またお会い出来て光栄ですぉ！」

そう言いながら満面の笑顔で迎えてくれた。

その際、梟人としては出来て当然の動作だったらしいんだけど、首を一八〇度背中の方へ回転させて、僕らの方へ視線を向けてきた姿には、少々びっくりしてしまった。

ヨーメによると、

「前回皆さまが治療してくださってからは、デパ熱患者は発生しておりませんぉ」

とのことだったので、僕はエルデナと二人で安堵のため息を漏らした。家で留守番をしているオーラとエーラに伝えれば、彼女たちもきっと喜ぶだろう。自分たちが原因で、デパ熱が発生したことをかなり気にしていたからね。

しばらく雑談を交わした僕たちなんだけど、その途中、

「そういえば、お二人は今日はなんのご用でこの集落までおいでになったのですお？」

ヨーメからそう質問されたので、

「うん、家で作っていた薬を売りに来たんだよ。雑貨店で買い取りしてくれるって聞いたからさ……」

僕がそう答えたところ、ヨーメがすごい勢いで立ち上がった。

「さ、サファテ様！　そ、そのお薬、このヨーメにといいますか、この教会にお売りいただくことは出来ませんお？」

「え？　教会にかい？」

「はいですお！　サファテ様のお薬を使わせていただくことが出来るようになれば、私もとっても助かりますお……そ、その……お、お金はあんまりないんですけど、精一杯お支払いさせて頂きますお。ですから、どうかお願いしますお」

ヨーメはそう言いながら何度も頭を下げた。

ヨーメに詳しい話を聞いてみたところ、この教会では怪我人や病人の治療行為も行っているそうなんだけど、ヨーメが作成した薬ではあまり効果がないのだという。

「恥ずかしながら……私、薬学はほとんど独学ですお……」

そう言うと、ヨーメはシュンとしてしまった。

僕は、少し考えた後

「うん、わかった。教会に薬を販売させてもらうよ」

そう伝えた。その言葉にヨーメは目を丸くしながら、

「ほ、ほ、ほ、本当ですぉ！　すっごくうれしいですぉ！」

感動のあまり、羽を具現化させて教会内を飛び回り始めてしまった。

確かに、雑貨店に販売した方がお金はもうかったとは思う。でも、ヨーメはこの教会で人助けのために僕の薬を使いたいと思ってくれている。甘い考えだっていうのはわかっているけど……でも、僕はそんなヨーメにこそ、僕の作った薬を使ってほしいと思った。

エルデナは、

『……あなたならそう言うと思ったわ』

とでも言わんばかりに、クスクスと笑いながら僕を見つめていた。

そんなわけで、僕の薬は今後ヨーメの教会へ卸売りさせてもらうことになった。

早速、今日持参してきた薬をヨーメに渡し、代金をもらった。お金は、無理なく払える範囲でいい

よ、と伝えたんだけど、

「いえいえ、サファテ様のお薬ですぉ、精一杯お支払いさせて頂きますぉ」

そう言いながら、金庫の中をジーッと凝視しながら考えを巡らせていた。

すると、そこに商店街組合のアレアがやってきた。アレアは、僕たちの様子を見ると、

「ヨーメは、なんで金庫とにらめっこしているですです？」

そう言って首をひねった。そこで、僕が薬を教会で買い取ってもらうことになったことを説明していくと、

「そういうお話でしたら、商店街組合から補助金を出させていただきますます」

そう言いながら胸をドンと叩いた。その言葉に、僕たち以上にヨーメが目を丸くしながらアレアの元に駆け寄ってきた。

「ほ、ほ、ほ、本当に本当ですぉ!?」

「はいですです。サファテ様のお薬でしたらその効果も証明済みですです、十分補助金の対象ですです」

「……私の薬には補助金が出なかったですぉ？」

「ヨーメの薬は効果が微妙すぎて、補助金は出せないですです」

「そ、そんなぁ……」

ヨーメとそんな会話を交わした後、アレアは今日僕がヨーメに販売した薬の量をチェックすると、スカートのポケットから取り出したそろばんをパチパチとはじいていき、

「とりあえず、これくらいでいかがですです？」

そう言いながら、僕の前にその数字を提示してきたんだけど……

「え？　アレア、これ桁を間違えてないかい？　結構な額な気がするんだけど……」

その数字は、僕がびっくりする程の数字だった。僕が作成した薬を王都の雑貨店に持ち込んだとしても、絶対にこんな値段にはならない……胸を張ってそう言える金額だ。そんな僕の言葉に、アレアは、

「はいですです。こんな田舎で、こんな上質な薬を入手しようとしましたら、こんなもんじゃすまないですです。これでも抑え気味の数字ですですよ」

そう言うと、にっこり微笑んだ。その笑顔に、なにか言う気力をすっかり奪われてしまった僕は、

「じゃあ、その方向でよろしくお願いします」

そう言いながら、頭を下げた。

アレアのおかげで、ヨーメからはむしろお金をもらう必要がなくなったわけなんだけど、

「い、いえ、せめて気持ちだけでもお支払いさせてほしいですお」

ヨーメがそう強く申し出てきたため、本当に気持ちだけ代金をもらうことにした。


そんな感じで、薬に関する話し合いは一段落した。アレアに、

「お帰りになる前に、商店街組合にお寄りくださいですです。そこで契約書を交わした後に、今日の代金をお支払いさせていただきますます」

そう言って僕に再度頭をさげてくれた。

アレアは、ヨーメに用事があるとのことで、用事の済んだ僕たちはここで教会を後にした。

その足で市場へと顔を出した。ウーニャから食材の購入を頼まれていたので、それを購入しに来たんだ。

市場には先日の宴会でご一緒させてもらった亜人種族の皆さんがたくさんいた。……というか、あの宴会には、集落の大半の皆さんが参加されていたわけだし、むしろ顔を見たことがない人の方が少ないのかもしれない。

「よぉサファテさん、こんにちは」

「サファテさん、こないだは世話になったね」

皆さん、僕たちに気軽に声をかけてくれる。僕は、そんな皆さんに笑顔で答えていった。

そんな中、

「サファテどんよ、確か家で畑をやっておったんじゃよな？　よかったらこれを持って帰って植えてみんしゃい」

農業をしているおじさんたちから、野菜の苗や種を大量に譲ってもらった。そういえば、先日の宴会の際にそんな話をしたような……僕は、皆さんにお礼を言いながらその苗を頂き、そのおじさんが販売している野菜などを購入させてもらった。これで、まだあまり活用出来ていない畑が賑やかになりそうだ。

市場の中を歩いてみると、果物がなる木の苗木なんかも販売されていたので、試しにいくつか購入してみた。

一刻ほど市場を回り、ウーニャから頼まれていた野菜や肉などを無事購入し終えた僕たちはそれを魔法袋と荷馬車に分けて積み込んでいった。

魔法袋に収納した品物は、収納した時点で時間が停止してしまう。腐敗防止の意味ではとてもありがたいんだけど、野菜や果物の中には、数日おいておく必要があるものも存在するため、そういった品物を荷馬車に積んだわけだ。

その後、商店街組合に顔を出して、アレアと薬の購入に関する補助金の契約を結び、今回の代金を受け取った。契約といっても、

『テルスリア教の教会へ納めた薬品の補助金として以下の金額をお支払いする』

といった一文と、その下に金額が明記されていて、僕はさらにその下に署名をするだけだった。とはいえ、蟻人たちはこんな田舎の集落でもこうやってきっちり契約事などを履行しているんだな、と、感心しきりの僕だった。

商店街組合を出ると、外はすでに暗くなり始めていた。

「今日は、集落の中で宿を取ろうか」

僕がエルデナとそんな話をしていると、

「サファテ様とエルデナ様ではないですぉ！」

買い物袋を抱えたヨーメと出くわした。ちょうど買い出しの帰りだったらしい。

「ちょうどよかった。ヨーメ、この集落に宿はあるかい？」

「宿ですぉ？　あるにはありますけど……サファテ様たちがお泊まりになるのですぉ？」

「うん、そうなんだけど……」

僕がそう言うと、ヨーメは、

「そういうことでしたら、ぜひとも我が教会にお泊まりくださいですぉ！　お薬を売っていただいたご恩もありますぉ、さぁさぁさぁ」

そう言うが早いか、僕とエルデナの背後に回って背中を押しはじめた。その強引さの前に、僕とエルデナは苦笑しながらもそのままその好意に甘えさせてもらうことにした……というか、するしかなかったわけで……


ヨーメが振る舞ってくれた夕食は、ヨーメお手製の具だくさんのスープとパン、野菜サラダだった。見た目は質素なんだけど味がしっかりついていて、どれもなかなかの味だった。このパンも教会で焼いているそうで、毎週日曜日には無料で振る舞っているんだそうだ。

「うん、これはおいしい。ヨーメは料理も上手なんだね」

僕がそう言って褒めると、ヨーメは、

「え？　い、いえ？　そ、そんな？　そ、それほどでもないですぉ」

その顔を真っ赤にしながら照れまくっていた。僕の横のエルデナが、

「……わ、私ももう少し頑張ればきっと……」

小さくそう呟いていたんだけど、あえてそれは聞こえなかったことにしておいた。


その夜、僕たちは教会で休ませてもらった。

エルデナは同じ女性ということで、ヨーメの部屋で休ませてもらうことになっている。

ヨーメの部屋は、僕の部屋のすぐ向かいにあるらしく、時おり二人の楽しそうな笑い声が聞こえて来た。その笑い声を聞きながら部屋の中にある本棚に目を向けた僕は、

「……おや？」

その中に不思議な書物があることに気づいた。その書物はかなり古ぼけているんだけど、その背表紙に書かれてある文字を僕は読むことが出来なかった。その背表紙には文字というよりも模様に近いなにかが刻まれていた。その中も同様に、模様のようなものがびっしりと記載されている。時おり、挿絵もあるものの、その挿絵の解説らしき箇所もすべてその模様のようなもので記載されているため、全く理解することが出来なかった。

ベッドに横になりながらその書物を眺めていた僕はいつの間にか眠りに落ちていた。

翌朝。

かなり早い時間に僕たちは村を出発した。

ヨーメが夜明け前に起き出して、教会の掃除を始めたものだから、僕とエルデナもその手伝いをさせてもらったせいなんだけど、朝が相当苦手なエルデナが、フラフラしながら窓を拭いていた姿は、いつもはキリッとしているエルデナの意外な一面を見たような気がして少し嬉しく思ってしまった。

昨夜見つけた本のことをヨーメにも聞いてみたんだけど、

「さぁ……あの部屋の書棚の書物は、私がここに来る前からずっとあそこにありましたですお。どういうものなのかはさっぱりわからないですお」

とのことだった。

今回のゴルン山の麓の集落の訪問では、薬をヨーメの教会に販売することと、その際に商店街組合から補助金をもらえることが決まったことで大成功といえた。

それに加えて、野菜の苗や果物の苗木などもかなり手に入れることが出来たし、ウーニャに頼まれていた買い出しも無事終える事が出来た。僕とエルデナは時折笑みを浮かべながら帰り道を進んでいった。

今のところ木の家での生活はほぼ自給自足出来ている。薬の材料も、森で採取した薬草でまかなえているし、狩りも割と順調だ。ここで暮らしていると無駄遣いのしようもない。

今回、新たな収入源も確保出来たことを加味すれば、このままどうにかなっていくんじゃないかな、と、少し気楽に考えてしまう自分がいた。

油断大敵とも言うし、気を引き締めていかないと……


途中、往路で利用した巨木の宿泊所で一泊した僕達は、翌日早くにここを出発し昼前に、木の家へ到着した。木の家に近づくと、

「ぼっちゃま～！　お帰りなさいませですニャ！」

ウーニャがすごい勢いで駆け寄ってきた。

「お二人とも、お怪我などはなさっておられませんかニャ？」

手綱を僕から受け取ったウーニャは、荷馬車を移動させながら僕にそう聞いてきた。

そんなウーニャに僕は笑顔を返した。

「ありがとう、大丈夫だったよ。あと、頼まれていた買い出しは魔法袋に入れてあるから、あとで渡すね。あ、あと、いくつかの食材は荷馬車に乗ったままだから」

「了解しましたですニャ。買い出しの荷物は台所に置いておいてくださいましたら、あとはウーニャが整理しておきますニャ」

「うん、わかった」

僕は、荷馬車から降りると木の家に向かって歩き始めた。

そんな僕の後方で、ウーニャとエルデナが顔を寄せ合っていた。

「……エルデナ様……いかがでしたかニャ？」

「……残念ながら……」

「もう！　ぼっちゃまってば!!　せっかく二人っきりにして差し上げましたのに！」

……なにかコソコソ話をしていたような気がしたんだけど……あれはなんだったんだろう……


その日の夕食の際に、居残り組だったみんなに集落での出来事をあれこれ報告していった。

デパ熱が沈静化していたことを伝えると、オーラとエーラが心の底から安堵しているのがわかった。

薬を教会で買い取ってもらえることになったこと、その際に商店街組合から補助金をもらえることになったこと、野菜の種や果物の苗木などを持ち帰ったことなどを、食事をしながらみんなに伝えていく。その話をみんな興味深そうに聞いていた。

そんな会話の途中で、オーラが口を開いた。

「そういえば、もうじき収穫祭がありますね」

オーラが言うには、毎年晩秋にこのあたりの大規模な辺境都市が主催して収穫祭という大規模なお祭りが開かれるそうだ。なんでも今年はグリーンコンベが主催らしい。王都での生活しか経験のない僕にはなじみのないイベントなんだけど、オーラとエーラによると主催した都市には毎年大勢のお客さんが押し寄せ、相当賑わうらしい。

……ただ、今の僕は、グリード家の妨害のため、主だった辺境都市などへの立ち入りが禁止されていると思われる。グリーンコンベでは実際に門前払いにされているため、今回は参加どころか見学にもいけそうにない……

機会があれば顔を出してみたいとは思うんだけど……果たしてそんな日は訪れるのだろうか……

翌日。

昨日ゴルン山の麓の集落から持ち帰ってきた野菜の種や苗を畑に植えることにした。

ウーニャを中心に、僕・エルデナ・オーラ・エーラの四人で、事前に作っておいた畝《うね》に沿って種を蒔いていった。ただ、集落でもらった種は、種類ごとに無地の袋に入れられていたためなんの種なのかがさっぱりわからなかった。エルデナが種子図鑑とにらめっこしながら調べてくれたんだけど、

「……えっと……これは、これ……いえ、こっちかしら……」

とまぁ、そんな感じで悪戦苦闘この上ない状況だった。

結局、最後は

「まぁまぁ、植えてみればわかりますニャ」

と、お気楽に笑いながら、次々に種を植えていくウーニャにみんな従っていく結果になってしまった。

その後、日当たりが良く、少し開けているところに果物の苗木を植えた。結構甘い実がなるらしいので、どんな実がなるのか今から楽しみだ。


結局この日の僕たちは一日中畑で作業を行った。

「収穫が今から楽しみねオーラ姉さん」

「うん、そうだね」

土だらけになった顔でそんな会話を交わしているオーラとエーラと一緒に、僕たちは木の家へと戻っていった。


翌日の早朝のことだった。

「ぼっちゃま〜！」

木の家の外からウーニャが僕を呼ぶ声が聞こえてきた。なにかあったんだろうか、と、僕は慌てて服を着替えて畑へ駆けだしていった。すると、畑の脇にウーニャが立っていたんだけどその足下に一頭の小黒熊の姿があった。

「どうも、親とはぐれたようですニャ。畑に迷い込んでいたのを保護しましたニャ」

ウーニャはそう言いながら足下でおとなしくしている小黒熊を見つめていた。


小黒熊は、熊種の中でも温厚な性格で、野菜や木の芽や皮を主食としており、肉などはあまり食べない小型の熊である。この小黒熊は、ウーニャが言うとおりまだ子供らしく、かなり小さかった。試しに野菜をあげてみると、よほどお腹が空いていたらしくすごい勢いで食べ始めた。

「そういえば、畑に迷い込んだってことは……畑の野菜を荒らされちゃったのかな？」

と、心配する僕に、

「いえいえ、このウーニャが、そんなことをさせるとお思いですかニャ？」

そう言うと、ウーニャはにっこり微笑みながら小黒熊へ視線を向けた。すると、小黒熊はその体をビクッとさせたかと思うと、慌てた様子で僕の足の後ろに隠れるようにしながらガタガタ震え始めてしまった。

……ウーニャってば……この小黒熊をどうやって保護したんだろう……


僕が餌をあげたためか、この小黒熊は僕にすっかり懐いた様子だった。この小黒熊の親が、この子を探しにくると、ちょっと危ないかも……とは思ったものの、一匹だけで迷い込んできたこの小黒熊をそのまま山に返すのも可哀そうだし、もし親熊がやってきた時は親熊の元に返してあげればいいか……そう考えた僕は、この小黒熊をしばらく家に置いてあげることにした。

小黒熊を家に連れて帰ると、

「「可愛い～」」

オーラとエーラが、満面の笑みを浮かべながら小黒熊に駆け寄っていった。しかし、小黒熊は僕の足の後ろに隠れたまま決して前に出てこようとはしなかった。オーラとエーラは野菜を使ったりしてなんとか小黒熊と遊ぼうと頑張ったものの、結局この小黒熊は僕の足にへばりついたまま、絶対に動こうとしなかった。

その後、名前をどうしようかという話題になったんだけど、

「せめて名前は私たちが考えてあげたいです」

そう言ったオーラが、エーラと二人してあれこれ相談した結果、コロックという名前に落ち着いた。

「よろしくねコロック」

僕はそう言いながらコロックの頭を撫でた。

すると、コロックは僕の足に抱きついたまま、嬉しそうに微笑んだ……ような、気がした。

結局この日、コロックが僕の足下を離れることは一度もなかった。

そのため僕は、コロックと一緒にお風呂にも入り、ベッドでも一緒に寝ることになった。

翌朝早く……ベッドの上で半身を起こした僕は、亜人種族についてあれこれ考えていた。

亜人種族とは……一般的に人種族と同じ体を有し、体に魔獣の特性を有している。

その逆で、魔獣の特徴を持ちながら人種族の姿をしている亜人種族もいる。

そのどちらの種族も、人の姿から魔獣の姿へ変化することが出来る……

なんで朝っぱらからこんなことを考えているかというと……目覚めたばかりの僕の隣に見覚えのない女の子が寝ているんだ……

昨夜は小黒熊のコロックと一緒に寝たはずなので、そこには小黒熊のコロックがいないとおかしいんだけど……何度見直してみてもそこで寝息を立てているのは見覚えのない女の子なんだ……

あれこれ思案を巡らせた結果……コロックは亜人種族の小黒熊人だったのではないかという考えに至ったわけで……

僕がそんなことを考えていると、目を覚ましたらしいコロックがむくりと起き上がると、

「あ……ご主人さまぁ、おはようだクマ～」

そう言いながらにっこり微笑んだ。起き上がった拍子にコロックの体から布団がずり落ちたんだけど、下着もなにも身につけていなかった。その姿に慌てふためきながら僕は、

「なにか着るものを……」

そう思いながらベッドから立ち上がったところ、

「ぼっちゃまぁ！　今日は天気がいいので、お布団ほしますニャ……ニャ？」

ノックもそこそこにウーニャが部屋に入ってきたんだけど……ベッドの上のコロックの姿を見るなり目を丸くしながら固まってしまった。

「く、クマぁ!?」

一方、昨日、畑でウーニャに保護された際のことの出来事がトラウマになっているらしいコロックもまた、その場で目を丸くしたまま硬直している。

ウーニャは、コロックを震える手で指さすと、

「……ぼ、ぼっちゃま……この女の子は……誰との間のお子さまですかニャ？」

なんか、カクカクしながら、妙に硬い笑顔を僕に向けるウーニャ。

「あ！　わかりましたニャ！　エルデナ様とのお子さまですニャね！　きっと今朝ほど生まれて……」

ウーニャは、視線を宙に舞わせながらそんなことを口走りはじめた。どう見ても現実逃避というか錯乱しているとしか思えない感じだ。僕の横では、そんなウーニャを見つめながら口をあわあわさせ

ながら固まっているコロックの姿があった。

僕は、そんな二人に挟まれた格好になってしまったわけで……


「昨日助けた小黒熊のコロックなんだけど……魔獣じゃなくて亜人種族だったんだ」

僕は朝食の際に、改めてみんなにコロックを紹介した。僕に紹介されたコロックは、

「み（もごもご）んな……よろし（もごもご）くだ（もごもご）クマ～」

朝食のポテトサラダを口いっぱいに頬張りながら皆に笑顔を振りまいていった。その姿に、みんなも思わず笑顔を浮かべていた。

「……亜人種族の女の子ということは……今日からは私かウーニャと一緒に寝るのがいいかしらね」

エルデナが少し考えながらそう言うと、

「クマー!?」

コロックは口いっぱいに頬張っていたサラダを飲み込むと同時に悲鳴にも似た声をあげた。

「コロックはご主人さまと一緒がいいクマ。昨日も一緒に寝たクマ。今日も明日も明後日もずっとず～～～っと一緒に寝るクマ！」

僕の腕を掴むと、コロックはそう言いながら必死に顔を左右に振った。

「……あらあら、そんなにサファテと一緒がいいなんて」

コロックの様子を見つめながら、エルデナはその顔に苦笑を浮かべていた。


とりあえず、コロックが誰の部屋で寝るのかは一度保留とし、

「コロック……昨日畑にやってくるまでになにがあったのか、よかったら話してもらえないかな？」

僕はコロックにそう聞いてみた。

すると、食後の水をおいしそうに飲んでいたコロックは、少し考えた後に口を開いた。

「コロック、怖い人たちに、追いかけられたクマ。

一生懸命逃げたクマ。

熊の姿の方が早く走れたクマ。

なんとか逃げのびたけど、とってもお腹が空いたクマ。

そしたら畑があったクマ。

そしたらそこに……そこに……」

そこまで口にしたコロックは、ウーニャを見つめながら体をガタガタ震わせ始めた。

ウーニャは、そんなコロックに、

「コロック、どうかしましたニャ？」

そう言いながらにっこり微笑んだんだけど……コロックはそんなウーニャに対して激しく首を左右

に振った後、ガタガタ震えながらなにも喋らなくなってしまった。

……おそらくだけど……

コロックは奴隷狩りか、山賊か、そういった類の輩に襲われたのではないかと思われる。辺境には森に住んでいる亜人種族をさらって売り飛ばそうとする輩がいると聞いたことがあるし……コロックに、

「お父さんやお母さんのことはなにか覚えてないのかい？」

そう尋ねてみたんだけど、コロックは、

「……気が付いたら一人だったクマ……コロックはずっと一人だったクマ」

寂しそうな表情をその顔に浮かべながら僕に抱きついてきた。そんなコロックを、僕は優しく抱きしめてやった。

コロックの事情を聞いた僕達は、コロックを正式に僕たちの一員に迎えることにした。

……ちなみに、誰の部屋で寝るのかは、まだ決まっていないものの、この調子だと僕の部屋ということになってしまいそうだ。

コロックが僕たちの一員に加わって数日が経った。

コロックは、幼いこともあってとにかく元気で遊ぶのが大好きだ。

僕が研究室の中で薬品を生成している最中でもお構いなしに乱入してきて、

「ご主人さま～遊ぼうクマ～!」

と、じゃれてくるのだが、その度にウーニャにつまみ出されている。それにもめげずに何度も何度もチャレンジしてきては、何度も何度もウーニャにつまみ出されている……

まだ体調が万全でないオーラでは、コロックの相手はキツいため、妹のエーラがもっぱら遊び相手になってくれているんだけど、龍人の彼女でも、コロックの遊び相手を務めるのは結構大変なようだ。

とはいえ、姉のオーラと二人だけの生活を続けていたエーラは、年の近い同性の友達が出来たことがとても嬉しいらしく、毎日クタクタになるまでコロックと一緒に遊んでいた。


エーラと一緒に遊ぶコロックの姿はとても微笑ましいのだが……その食べる量はあまり微笑ましくなかった。

なにしろ、エルデナ・ウーニャ・オーラ・エーラの四人が食べる量と同じくらいの量を、一度にぺろりと平らげてしまうのである……あの細くてちっこい体のどこに入っていくのだろう……ホントに謎だ……これは、畑の拡張を急いだ方がよさそうだ……あと、狩りの回数も増やさないと……

「……なんと言いますか……次から次に問題が起きますね」

一緒に食糧の備蓄を確認していたエルデナが苦笑しながらため息をついた。

「とはいえ、こうして縁あって一緒に暮らしはじめたんだし、皆で頑張って養ってあげないとね」

「……皆……ですか？」

「うん、皆で」

エルデナは、僕の言葉を聞くとしばらく僕の顔を見つめてきた。


「……私とあなたで……でもいいのに……」

「ん？　エルデナ、今なにか言ったかい？」

エルデナがなにか呟いたような気がして、僕はそう尋ねてみたんだけど、エルデナは、

「……なんでもないわ」

そう言いながらそっぽを向いてしまった。気のせいか、その頬が赤くなっていたような気がしたけど……僕はなにか、変なことでも言ってしまったんだろうか？


翌日。

久々にクロの商隊が木の家へやってきた。

「なんじゃなんじゃ？　いつの間に蜥蜴人のお嬢ちゃんが二人に、熊の娘っ子が増えたんじゃ？」

クロは、出迎えた僕たちの中の、オーラ・エーラ・コロックの三人を見つけるとびっくりしたような表情を浮かべていた。僕が経緯を説明すると、クロは、

「サファテはこんな山奥に住んでおっても人を呼び寄せるのか？　なんとも面白いヤツじゃのう」

そう言って、いつものようにガハハと笑った。クロの笑い声を聞くと元気になれるから本当に不思議だ。そんな事を思っている僕の前で、クロは、

「クマの娘っ子よ、名前はなんと言うんじゃ？」

「コロックはコロックだクマ」

「ほう、コロックというのか、ワシはクロじゃ、仲良くしてくれよ」

「ん～……ご主人さまと、エーラとオーラとエルデナの次ならいいクマ」

「おーいおい、随分と下なのじゃのう、まぁ、仲良くしてくれるのならええわい、よろしくな」

コロックとそんな会話を交わしながら、嬉しそうに笑い声をあげ続けていた。


今回、クロは僕にちょっとした仕事の依頼を持って来た。

「近くの辺境都市で流行り病が流行しているらしいんじゃがの、その治療薬を作ってほしいんじゃ」

クロから手渡された必要とされている治療薬のリストを見せてもらうと、どれもわが家の研究室の設備で製造可能なものばかりだった。

「うん、大丈夫。これなら全部うちで作れるから引き受けさせてもらうよ」

僕がそう言うと、クロは、

「おぉ！　本当か⁉　いやぁ助かったわい。王都まで薬を仕入れに戻っておったら間に合わんのでなぁ」

そう言いながら、いつものようにガハハと笑った。


すぐに製薬に取り掛かったものの、発注量がかなり大量だったため、すべてが出来上がるまでには数日待ってもらう必要があった。

「どれ、待たせてもらっとる間に畑仕事でも手伝わせてもらおうかの」

そう言いながら、クロとその部下達は総出で畑の開墾作業を手伝ってくれた。野菜の種なども大量に持ってきてくれていたクロは、畑を開墾すると、そこにどんどん種を植えていった。

僕はエルデナと一緒に薬の作成に専念していたため、畑仕事の手伝いはもっぱらウーニャにお願いしていたんだけど、作業を行いながらいろいろな事を教えてもらっていたらしく、

「ぼっちゃま、畑仕事の知識がどんどん増えてますニャ」

ウーニャは、そう言いながら嬉しそうに微笑んでいた。


クロから依頼された薬品は四日間ですべて完成した。

もう少しかかるかと思ったんだけど、エルデナが手伝ってくれたおかげで予定より早く完成させる

ことが出来た。薬を荷馬車に詰め込んだクロは、

「後払いになってすまんが、納品をすませたらすぐに代金をもらってくるでの、ちょっとだけ待ってくれい。その代わりといってはなんじゃが、土産を目いっぱい買ってきてやるからの」

そう言うとかなり急いだ様子で出発していった。

事が流行り病なだけに、クロとしても一刻も早く薬を現地に届けたいのだろう。それに、お土産を目いっぱい買ってきてくれると言ったけど、今回の来訪の際にも、もうすでに結構な量の野菜や生活雑貨類を置いていってくれているわけだし……この上さらにお土産を、と言われてしまうと、さすがに申し訳なく思えてならない……

クロのことだから、もういいと言っても「あって困るもんでもあるまい」とか言いながら無理やりにでも置いていくだろうし……なら、せめて今回のようになにか手伝うことが出来るのなら今後もどんどん手伝わせてもらおうと思っている。


クロの来訪から数日後。

僕は、ゴルン山の麓の集落にあるヨーメの教会へ薬の納品へ向かうことにした。今回は、僕とウーニャ、コロックの三人で向かうことになった。

エルデナは前回同行したため留守番に回り、エーラは、まだ体調が万全でないオーラのことが気に

なるとのことで、今回も二人揃って留守番することになった。

最初は僕と一緒にお出かけ出来るとあって大喜びだったコロックなんだけど、ウーニャが同行するとわかるなり、僕の背中に張り付いて離れなくなってしまった。

「……コロック、そんなに嫌だったら留守番するかい？」

僕がそう言うと、コロックは黙って首を左右に振った。

こうして、僕・ウーニャ・コロックの三人がゴルン山の麓の集落へ向かって出発していった。


今回は建築用の資材を積んでいる。途中、前回見つけた巨木の宿泊所で今回も一泊したんだけど、その際に、この資材を使って木の上にちょっとした小屋を作った。材料が少ないので、簡単な雨よけの屋根くらいしか作成出来なかったものの、こうしてここを利用する度に少しずつ工事を行っていけば、ゴルン山の麓の集落と木の家との中間宿泊所として本格的に利用出来るようになるはずだ。


ちなみにここまでのコロックは、ウーニャがいるせいで完全に借りてきた猫ならぬ熊状態で、いつもの元気がどこにいったのだろうとびっくりしてしまうほどおとなしくなっていた。さすがに可哀そうに思ったのか、ウーニャが積極的に話しかけているんだけど、コロックはその度に僕の背後に隠れるばかりだった。その夜もウーニャが、

「コロック、ウーニャと一緒に寝ようニャ」

と言ったんだけど、コロックは無言で僕に抱きついてきて、そのまま寝息を立て始めてしまった……

翌朝早くに巨木の宿泊所を出発した僕たちは、昼前にゴルン山の麓の集落へと到着した。今回も顔パスで集落へ入れてもらった僕たちは、その足でヨーメの教会へと向かい約束の薬を納品した。

「ありがとうございますお、本当に助かりますお」

ヨーメは何度も頭を下げながらその薬を受け取った。


ヨーメと別れた僕たちは次に商店街組合へと移動した。ここで、薬の補助金をもらう手続きをするためだ。商店街組合の小屋に入るとアレアが僕たちを出迎えてくれた。

雑談をしながら、必要書類に記入していると、ゴルンの山麓の集落の南方にある辺境都市グリーンコンベの話題になった。

「なんでもですね流行り病がまん延していて結構大変な状態なのだそうですですよ」

アレアに詳しい状況を聞いてみると……どうやらクロが向かった辺境都市でまん延している流行り病と同じ病気のようだった。この流行り病は治癒系魔法がほぼ効かず、特効成分を配合した飲み薬以外全く効果がない。僕は、先日クロが持ってきたこの病気の特効薬の作り方を見ながら薬を作成していたのでこのことを熟知していたわけだけど……なんでも、グリーンコンベでこの病の治療にあたっている医者のほとんどが魔法医師らしい。

（それじゃあ、この病気のまん延を止められないんじゃあ……）

そう思った僕だったんだけど、その思いは的中していたようで、

「グリーンコンベから、ウチのような小さな集落にまで治療方法を知っている者がいないかって問い合わせが来たでですですよ」

アレアはそう言いながら首を左右に振った。

ただの飲み薬であれば魔法医師でも調合出来るんだけど、それに特効成分を配合するとなると、魔法薬学の知識を持った者でないとまず無理なのである。グリーンコンベにはエルデナの親族も住んでいるわけだし、僕としてはなんとかしてあげたいと思うんだけど……今の僕は、グリード家の嫌がらせのせいで、グリーンコンベに立ち入り禁止になっているわけで……

二日後。

木の家に戻った僕は、みんなを集めてこのことについて相談した。

エルデナは、

「……あなたにあんな仕打ちをした家族のことなんか……」

そう言いながらも、その顔に複雑な表情を浮かべていた。そんなエルデナのために、やはり僕はなんとかしてあげたいと思った。とりあえず、作成した薬を、グリーンコンベの衛兵に渡すだけ渡して帰ったらどうだろう、とも思ったんだけど、

「ぼっちゃんのことを敵視しているニャで、素直に受け取ってもらえるとは思えませんニャ」

そう言ってウーニャが反対した。

ゴルン山の麓の集落からグリーンコンベの市場に品物を納品している人がいるそうなので、その人

に薬を持って行ってもらったらどうかとも思ったんだけど、

「……そうすると、ゴルン山の麓の集落に薬学に長じた人材がいるって、話題になってしまわないかしら？　……下手に目立つと、調査隊が派遣されかねないし……」

今度はエルデナがそう異を唱えた。

あれこれ考えを巡らせた僕たちは、ちょっとした作戦を実行することにした。

まずは、薬を作成。すでに特効成分がわかっているので、今回は二日でクロに渡しただけの薬を生成することが出来た。それを、荷馬車でグリーンコンベの近くまで運んでいく。

途中、旅人や行商人、衛兵たちに見つからないように山道を使ったんだけど、ここらの山道はグリーンコンベ出身のエルデナが詳しかったので本当に助かった。


グリーンコンベ近くに到着した僕たちは、そのまま暗くなるのを待った。

日が落ち、城門が閉鎖されたのを見計らうと、僕はコロックと一緒にグリーンコンベの城門の一つへと近づいていった。当然、隠蔽《いんぺい》の魔法をかけて気配を消しているので、城門の上から監視している衛兵に見つかることもなかった。コロックは、まだ子供ではあるものの小黒熊形態だと相当力持ちなので、小黒熊姿のまま薬が詰まって重くなっている木箱を運んでもらっている。コロック的には、お遊びの一環な感じらしく、嬉しそうにスキップしながら僕の後ろをついてきていた。

城門の脇にある非常口の前へ到着した僕は、その前に木箱を置くと、

「流行り病の特効薬をお届けに参りましたー！」

そう、大声をあげた。そしてコロックへ向き直ると、

「よし、逃げるぞコロック！」

小黒熊形態のコロックの背にまたがった。コロックは僕が乗ったのを確認するとあっという間に城門前から走り去ってしまった。

後方で、衛兵たちがざわついている声が聞こえてきたけど、一切振り向くことなく僕たちは森の中へと飛び込んでいった。そのまま待機していた荷馬車に乗り込むと、荷馬車に隠蔽魔法をかけながらその場から全力で離脱した。


「……どうやら、追っ手は来てないようですニャ」

馬車の後方を確認していたウーニャがそう言ってくれたところで、荷馬車に乗っていた全員が安堵のため息を漏らした。

「やれやれ、どうにかうまくいったみたいだね」

疲れきったように僕がそう言うと、エルデナが少し不満そうな表情を浮かべた。

「……いつかあなたのおかげだって、絶対に伝えてやるんだから……」

エルデナはそう言ってくれているけど、僕としてはグリーンコンベの人たちの流行り病が治るのであればそれでいいと思っているので、そういうことにはあまり興味がなかった。僕がそのことをエルデナに伝えると、

「……まぁ、それがサファテのいいところなんだけどね」

エルデナはそう言いながら苦笑していた。

僕がエルデナとそんな話をしていると、そこにコロックが割り込んできた。

「ご主人さま〜、コロックお役に立ったクマ？」

コロックはそう言いながら僕の膝上に座りこむと、僕の胸に顔を寄せて、甘えるように頬ずりをしてきた。その仕草に、僕は苦笑しながらも、

「ありがとう、とっても役に立ってくれたよ」

そう言いながらコロックの頭を優しく撫でた。

そんな僕たちを乗せた荷馬車は、木の家に向かって疾走し続けていた。

数日後、木の家に戻った僕は、クロが向かった辺境都市や僕たちが薬を置いてきたグリーンコンベがその後どうなったのかとても気になっていたものの、今の僕たちにはそれを確認する方法がないため、効果があったことをひたすら祈ることしか出来なかった。

グリーンコンベから戻って来てさらに数日が経過したある日。

朝食を終えた僕の元にオーラが歩み寄って来て、

「サファテ様、少し見ていただきたい物があるのですが……」

そう言って、僕を家の近くの茂みへと連れていった。

オーラが指さしたその先を見て僕は目を丸くした。

そこには大量の龍の鱗が一ヶ所にまとめておかれていたのである。

オーラの話によると……

成長過程の龍は脱皮を繰り返しながら成長していくらしく、年若いほどその回数が多いそうだ。

オーラとエーラもその例に漏れず、昨夜遅くに脱皮の時期を迎えたためここで脱皮を行ったんだそうだ。

とはいえ……

龍の鱗といえば、高値で売買されている貴重品だ。この世界には龍がほとんど存在していないため、市場に流通しているのは龍の死骸から引き剝がしたものか、発掘された化石同然の代物ばかりなのである。

「……脱皮したての鱗なんて、初めて見たよ……」

僕は、その鱗を手に取るとあれこれ触りながらその状態を確認していたんだけど、そんな僕を見ているオーラがなぜか真っ赤になって恥ずかしそうな顔をしているのに気がついた。

「えっと……オーラ、どうかしたのかい？」

「あ……あの……目の前で脱皮した鱗をそんなに触られていると……ちょっと恥ずかしくて……」

「え？　……これって恥ずかしい行為になるの？」

「……えっと……喩えて言いますと……脱ぎたての古い下着をチェックされているみたい……で……」

……オーラの言葉を聞いた僕は急に気恥ずかしくなってしまい、手に持っていた鱗を元の場所へ戻した。


オーラは、この脱皮後の鱗をどう処分したらいいのか僕に相談したかったそうだ。確かに……龍の鱗はまず燃えないし、腐りもしない。風雨にさらしておけばいつかは土に還るらしいんだけど、それがいつになるのか記した文献を読んだ事はない。こう考えると、処分するには確かに厄介な代物なのかもしれない……もっとも、普通の人種であれば処分しようなどとは思わずに、まずは売りさばくことを考えるだろう。

「ただ、オーラが処分を望んでいる以上、売りさばくわけにもいかないし……」

僕がそう呟くと、オーラはびっくりした様子で、

「え？　これって売れるんですか？」

そう言った。その言葉に、今度は僕がびっくりする番だった。

話をよく聞いてみると……オーラは、鱗が売れるということを全く知らなかったそうだ。ただのゴミだと思っていたからこそ、僕に処分の相談をしたらしい。

その後、オーラに許可をもらって、鱗の半分を僕やエルデナの研究材料にさせてもらうことにして、残りの半分は次回クロがやって来た際に、どこかで売ってきてもらうことにした。

龍の鱗が売れるとわかったオーラは
「私もエーラも、頑張って脱皮しまくりますね！」

と、気合いをいれてくれていたんだけど……龍の脱皮って頑張って出来るものなのだろうか、と、ついそんな事を考えてしまった。

オーラの鱗をエルデナにも手渡したところ、エルデナも僕同様に目を輝かせながらこの鱗をチェックしていた。

「……ちょっと実験してくるわね」

そう言うが早いか、エルデナは研究室へ飛び込んでいった。研究室を占拠されてしまった僕は、コロックたちと遊んであげようと思ったんだけど、よく考えたら今日のコロックは、ウーニャとエーラと一緒に狩りに出ていて留守だった。そのため僕はオーラと一緒に畑作業を行っていった。

夕方、ウーニャたちが狩りから戻って来た。

一応、エーラとコロックも一緒に行ってはいたんだけど、

「エーラとコロックには草原で遊んでもらっていましたニャ。狩りはもっぱらウーニャが頑張りましたニャ」

ウーニャはそう言ってにっこりと微笑んだ。その狩りの成果は上々で、野ウサギや穴ヘビ、耳長鳥といった食材に使用可能な魔獣を布袋いっぱいに詰め込んでいた。ウーニャが狩りに行くと、僕やエルデナが狩りに行った時の何倍もの獲物を狩ってきてくれるだけに、狩りはもうウーニャにお任せした方がいいんじゃないかな…と思う時があったり、なかったりするわけで……


翌日。

クロの荷馬車隊が木の家を訪れた。

「待たせたの、ほれ、約束の代金じゃ」

クロはガハハと笑いながらお金の入った布袋を僕に手渡してくれたんだけど、最初に約束していた金額よりもかなり多く入っていた……下手をしたらこれ、約束の金額の十倍はあるんじゃないかって量の金貨を前にして目を丸くしている僕に、クロは、

「辺境都市についたら結構事態が深刻になっておってのぉ。しかもそれにつけ込んで偽薬まで出回っ

たもんじゃからもうパニック寸前じゃったんじゃ。でな、お前さんの薬を、患者の一人に投与してやって効果を証明して見せたら、もう皆こぞってこの薬に群がってきおっての、どんどん値もつり上がっていってもうウハウハじゃったわい」

そう言いながらクロは豪快に笑った。

……ただ、僕的にはなんだか複雑な心境だった。

クロの話によると、今回の薬のおかげで流行り病が完全に治まったらしく、そのこと自体は嬉しかったんだけど、なんだか人の弱みにつけ込んだみたいで、薬が高く売れたことを素直には喜べなかった……やはり僕は商売人には向いていないんだな、と、改めて思い知らされた気がした。

クロは四日滞在していった。かつて宿屋だった建物を使用出来るように修繕しているおかげで、こうしてクロ一行を余裕で受け入れることが出来るのはかなり嬉しかった。クロは、

「土産だけで、無料《タダ》で宿泊させてもらえて飯も食わせてもらえるんじゃからな。ホントにありがたいわい！」

そう言って笑っているんだけど、滞在中のクロたちは、いつも朝から晩まで畑の手入れと増築作業

や、破損したままの建物の修繕作業などをしてくれているんだし、むしろこちらの方が恐縮しきりなんだ。

クロたちが出発した翌日。僕たちもゴルン山の麓の集落へ薬の納品のために出発した。今回は、僕とエルデナ・エーラ・コロックの四人で向かっている。最初は僕・エルデナ・エーラの三人の予定だったんだけど、コロックが、

「コロックも行きたいクマ～！　ウーニャと留守番は嫌クマ～！」

と、必死になって僕に懇願してきたため、仕方なく僕たちへの同行を認めた次第だった。

……あそこまでコロックを必死にさせるウーニャって……僕は、思わず苦笑せざるをえなかった。

例によって建築資材を積んで出発した僕たちは巨木の宿泊所に到着するなり、木の上の小屋作成作業の続きを行った。前回は簡単な屋根までしか出来なかったんだけど、今回はその周囲を簡単な壁で覆うことが出来た。

これもコロックがかなり頑張ってくれたおかげだ。小黒熊形態に変化したコロックが大量の木材を木の上まで運んでくれたり、固定する手伝いをしてくれたので、本当に作業がはかどった。

出来上がった木の上の小屋の中で横になっていると、僕の横に人型に戻って服を着たコロックが寄ってきた。

「ご主人さま、今日のコロック役に立ったクマ？」

「うん、すごく役に立ったよ。ありがとう」

僕がそう言いながらコロックの頭を撫でてあげると、コロックは嬉しそうに微笑んでいた。


いつものようにここで一泊した僕たちは翌朝出発し、昼前にゴルン山の麓の集落へ到着した。衛兵長のグーグスに挨拶をするだけで門を通過させてもらった僕たちは、ヨーメの教会へ向かっていった。

「いつも本当にありがとうですぉ」

今回も、ヨーメに激しく感謝されながら薬を手渡した。

「サファテ様の薬がとても効くと、皆さまにすごく喜んでもらえていますぉ」

ヨーメはそう言いながらさらに頭を下げ始めたんだけど……僕の薬が喜んでもらえていると聞いて、なんだか無性に嬉しくなった。

その後、商店街組合に顔を出した僕は、応対に出て来てくれたアレアから辺境都市グリーンコンベの流行り病の話を聞くことが出来た。

「なんでもですねぇ、匿名で届けられた薬のおかげで、流行り病が終息したそうですです」

その話を聞いた僕は、内心で安堵のため息を漏らした。僕の横に立っているエルデナも、アレアの話を聞くなり、

「……よかった」

と、小さく呟いていた。

グリーンコンベでは、薬を持ってきた人物が名乗らなかったことを逆手にとって、一部のボブルバム教の司教が「あの薬はボブルバム教の神がお届けくださったに違いない」と言い出したりして物議を醸し出しているそうだ。その話を聞いた僕は苦笑せざるを得なかったんだけど、その話を僕の足にじゃれつきながら聞いていたコロックがいきなり、

「あ！　それコロックとご主人さまもがががが……」

そう言いかけたもんだから、僕は大慌てでコロックの口をふさいだ。

とにもかくにも、グリーンコンベの流行り病も終息したことがわかってなによりだった。

三章　温泉と門の番人とリバティ村

いつもより早めに街での買い出しを済ませると、荷馬車をヨーメの教会に預けてから皆でゴルン山へと登ることにした。ヨーメから聞いたんだけど、このゴルン山の中腹に昔の遺跡らしいものがあるというので一度見に行ってみようという話になったんだ。

ゴルン山へ登る道は教会の裏手から延びていた。

若干険しく、傾斜のきついその道を進んでいくと、その遺跡は木々の合間からひっそりとその姿を現した。石造りの巨大な門のようなその遺跡は、その上部分が粉々に砕かれており、その残骸と思われる石の破片が、そこらの土中から顔を覗かせていた。

昔、勇者の伝承で読んだことがある。

勇者は六つある魔界に通じる門のうち、五つを破壊し、そのうちの一つだけを残した。

勇者はその一つの門の近くに住み、今でも魔界から侵略者がやってこないように見張っているのだ、と……

この伝承は何百年も昔の話である。この門のような遺跡が、この勇者の伝承で語られている破壊された門の一つなのかどうかなど、今となっては誰にもわからない……でも、今、僕の前にそびえている遺跡は、どこか神々しい雰囲気を感じさせるのには十分だった。僕は、ここにやってきた記念にと思い、地面に落ちていた門のかけらと思われる石の一つを持ち帰ることにした。それをポケットに入れた僕は、楽しそうに遺跡の周囲を駆け回っているコロックが遊び終わるのを待って遺跡を後にし、ゴルン山を下っていった。


ヨーメの教会で一泊させてもらった僕たちは、翌朝早くに木の家へ向かって出発した。

途中、中継点にある巨木の宿泊所で一泊し、翌朝早く出発。昼過ぎ頃に木の家へと到着した。

帰宅した僕たちの前に、

「ぼっちゃん、お待ちしてましたニャ〜！」

すごい勢いでびしょぬれのウーニャが駆けてきた。


なんでも、畑を拡張していたらいきなりお湯が噴き出したというのだ。

ウーニャに連れられて早速現場に行ってみると、結構な量の湯がいつもの畑から少し離れた場所から噴き出していた。恐らく、ウーニャがその辺りを畑にしようとしていたのだろう。地下水脈にでも当たったのかと思ったものの、そもそもこんなに浅い場所で、しかもお湯が噴き出したということが、僕にはどうにも理解出来なかった。

近づいてよく見てみると……そのお湯は、なにやら古い管のようなものに空いた穴から噴き出しているのがわかった。おそらくウーニャは、畑を耕していてこの管に穴を開けてしまったんだろう。

原因がわかった僕は、その管に向かって障壁魔法を展開し、その魔法で穴の空いた部分をふさいでいった。

どうにかお湯の噴出が止まったので、改めてその管を確認してみると、その管は集落跡地の方へ向かって伸びているのがわかった。

「……ひょっとしてこのお湯、以前集落でなにかに使われていたんだろうか？」

そう思った僕は、周囲に溢れまくっているお湯を採取すると、研究室でその成分を分析してみたんだけど……その分析結果を見つめながら、僕とエルデナは思わず首をかしげてしまった。

「……この分析結果って……ひょっとして」

「……そうね……温泉に近い……というか、温泉そのもの？」

そう……そのお湯は、温泉そのものの成分を持っていた。温泉と言えば火山地帯に稀に存在する湯場であり、滋養強壮、美肌や怪我の治療にも効果があると言われている。よく考えてみると、この木の家の近くにはゴルン山という活火山があるわけだし、温泉が湧き出していても確かに不思議ではない。

畑に戻った僕は、温泉が通っている土中の管を探査魔法でたどってみた。すると、集落の方に伸びていたその管は、僕たちが住んでいる木の家のすぐ裏へつながっていた。堆積していた木の葉や土砂のせいで気づいていなかったんだけど……そこには作りかけの露天風呂が埋もれていた。

ひょっとしたら……宿場町だった時代に、この集落の人たちが集客用に作成しようとしていたのかもしれない。作りかけのまま放置されているところを見ると、おそらくこの工事の最中に集落のみんなが引っ越してしまったんだろう。

管は風呂のかなり手前で途切れており、そこで蓋をされていた。僕は、実験用の強化ガラス管を駆使してどうにかこの管を露天風呂のところまで延長することに成功した。

次に僕たちは、露天風呂の上に堆積しまくっている土砂や木の葉をどかしていった。この作業にはウーニャと小黒熊形態に変化したコロックが大活躍してくれた。……ただ、調子に乗ったコロックが露天風呂の先にある崖から落下しそうになってみんなが真っ青になってしまうという事件も発生してしまった。

どうにか露天風呂が綺麗になったところで、そこにお湯を流し込んでみた。結構な湯量があったおかげで湯船はあっという間にいっぱいになっていった。そのお湯は湯船を満たすと、僕たちが飲料水として使用している小川の方へ自動的に流れ出ていく仕組みになっていた。川の生態系に異常をきたしそうな物質がないのも確認済なので、特に問題はないはずだ。

この後の僕たちは、湯船を磨いては湯で流し、お湯を止めてはまた磨く、という工程を延々繰り返しつつ、風呂を覆う屋根や壁なども設置していった。


作業開始から三日目。

どうにかそれっぽい露天風呂が完成した。

元々の湯船がしっかり出来ていたおかげで、作業そのものはそんなに苦労はしなかった。とにかく、堆積していた土砂を除去して綺麗にする作業に一番時間を費やした。

その夜、僕たちは早速出来上がったばかりの温泉を満喫することにした。

脱衣所と湯船は一応男湯と女湯で分けてあるものの、女湯ではしゃぎまくっているコロックの声が男湯にまで響きまくっている。

男湯はというと、僕一人で貸し切り状態である。よく考えたらここに住んでいる住人の中で男は僕一人なんだなぁ、と、今更のように実感していた。改めて思い当たってしまうと、どこか気恥ずかしい気持ちになってしまい、僕は思わずお湯の中に頭まで浸かった。

……とはいえ、この温泉はなかなかのものだった。

成分が強いのは調査でわかってはいたのだけど、そのおかげでとにかく浸かっていて気持ちがいい。

「はぁ……いい…………」

「まったくよねぇ。まさか、こんなに良き湯にまみえることが出来るとはねぇ」

……

……

……

……あれ？

今聞こえた声って……女性の声だったような……しかも、僕のすぐ隣から聞こえたような……

恐る恐る横を向いた僕の目の前で、グラマーな女性が、気持ちよさそうにお湯に浸かっていた。

……どうしよう……見覚えのない人だ……


理解不能な事態を前にして固まってしまった僕の前で、その女性は、クスクス笑うと、

「なによぉ？　自分で妾をここまで連れてきておきながら、その顔はないでしょぉ？」

いたずらっぽくそう言いながら、再び笑い続けていく。

その女性を前にして混乱しまくっている僕なんだけど、そんな僕の耳に不穏な声が聞こえてきた。

発信源は……女湯だ。

「ちょっと待つニャ……男湯から女の声がしたニャ……！」

「……なんですって!?　まさか痴女がサファテを襲っているのですか!?」

「コロック、ご主人さまと一緒に入るクマ～！」

やばい、と思ったものの、時すでに遅しだった……。

女湯に入っている女性陣がすごい勢いで湯船からあがっていく音が聞こえたかと思うと、その足音は脱衣所を経由して、そのまま男湯に乱入してきた。

「……サファテ!?」

先頭を走ってきたエルデナが男湯の中の僕……の隣でくつろいでいる女性を凝視しているのがわかる。その後方では、エルデナに続いて駆け込んできたウーニャ・コロック・オーラ・エーラが、エルデナ同様に、その女性を見つめていた……いや、よく見るとコロックだけは僕を見つめながら手を振っている。

そんなエルデナたちへ視線を向けた、僕の隣でお湯に浸かっている謎の女性は、

「は～い♪　お嬢ちゃんたちぃ、お元気ぃ？」

にこやかに笑いながら、エルデナたちに向かってヒラヒラと手を振っていた。

「……そこの痴女！　私のサファテにふらちな真似は許しませんよ！」

エルデナがすごい勢いで、その女性に掴みかかっていく。

……が

エルデナの両手は、女性の体をすり抜けていった。

「……え？」

女性の体をすり抜けてしまったエルデナは、そのまま湯船にどっぽ～んと落下していった。

……とすると……彼女は……思念体？

僕が思い当たった思念体というのは、何年も前に死んだ人間の思念だけがこの世界に存在している状態のことを言うんだけど……

「あら？　ボクったら、なかなか鋭いじゃない。正解よぉ、妾は思念体」

そう言って笑うその女性。

よく見ると、その女性の右手には、どこかで見た石が乗っていた。

……あ

僕はその石に見覚えがあった。ゴルン山の門の遺跡から持って帰った、あの石!?

「ご名答～♪」

その女性は、嬉しそうに笑いながら、その石に口づけをした。

「かつて、あの門を守護していた門の番人、フォルデンテ……の、思念体よぉ♪」

そう言うと、その女性・フォルデンテは、再びクスクス笑いはじめた。

フォルデンテと名乗ったその女性なんだけど、姿を確認しようにも、なにしろお風呂の中で素っ裸なのである。マジマジと見つめるわけにもいかず、僕は視線をやや外し気味にするしかなかった。そんな僕の視線に気づいたフォルデンテは、

「あらぁ？　別に妾は殿方にこの柔肌を見られても気にしないわよぉ？」

そう言いながら、手で髪をかきあげ、胸を強調し、男性を挑発するようなポーズを取っていく。すると、

「だからそこの痴女！　いい加減にしなさい！」

湯船に落下し、頭からずぶぬれ状態のエルデナが、顔を真っ赤にしながら再度フォルデンテに掴みかかっていく……んだけど、やはりその両手はフォルデンテの体をすり抜けていき、エルデナは再び頭から湯船の中へと突っ込んだ。

「だからぁ、思念体だっていってるじゃなぁい？　お嬢ちゃぁん♪」

お尻を高くあげた状態で湯船に突っ込んでいるという恥ずかしい恰好のエルデナを、フォルデンテは楽しそうに笑いながら見つめていた。

……しかし……さっきからこのフォルデンテは、僕が言葉を発しなくても、頭の中で思ったことに

対して返事を返してきているような気がするんだけど……おそらく、僕が考えていることを読み取ることが出来る……と、いうことなのかもしれない……

僕がそう考えていると、フォルデンテがそんな僕の目の前に顔を寄せてきた。

「すごいわぁ、坊や。そうよぉ♪　妾はね、人が考えていることがね、だいたい読み取れるのよぉ」

そう言うと、フォルデンテは僕の目の前でウフッと妖艶な笑みを浮かべた。


門の番人と名乗るフォルデンテ。


僕の目の前にいる彼女が本当に門の番人ならば、いろいろ聞きたいことはあるんだけど……例えば、かつての勇者のこととか、魔界のこととか……と、僕がそんなことを考えていると、

「めんどくさいことには、答えてあげないわよぉ」

と、言いって、プイッとそっぽを向いてしまった。


その後も、フォルデンテはお湯に浸かりながらマイペースに話を続けていった。

「門の遺跡に人が来たのって、久しぶりだったのよぉ♪　だからちょっと暇つぶしにね、坊やが手にした門の石にくっついて来たのぉ。でも、まさか、ぁこぉんなにすてきな温泉で湯あみ出来るなんて、ほぉんとラッキーだったわぁ」

そう言うとフォルデンテは、湯船に肩まで浸かり、気持ちよさそうに息を吐いていた。思念体なの

に、温泉を気持ちよく感じるものなのだろうか……と思ったりしたものの、目の前でこれだけ気持ちよさそうにされてしまうと、そんなことはどうでもいいか、と思えてしまう。

結局この日のフォルデンテは自分が満足するまで温泉に浸かった後、

「じゃあまた来るわねぇ♪」

そう言うと、唐突に姿を消した。

僕たちは、フォルデンテが先ほどまで湯船に浸かっていた場所を見つめながら呆然とすることしか出来なかった。

その日の夜。

僕は、部屋の書物の中からこの世界の伝説に関するものを読みあさっていた。その中の記述を読んでいくと、門に関する記述がいくつかあったんだけど、その中には……

『魔界の門には、それぞれ門番がいた』

との記載があるのみで、門番の名前はどの書物にも記載されていなかった。ただ、その中の一つに門番の姿を刻んだのではないかと思われる遺跡のレリーフの模写絵が載っていて、そこに刻まれている六人の人物の中に、湯あみをしていると思われる女性の姿があった。

……お風呂が好き？　……ひょっとしてこれがフォルデンテなのだろうか？

翌日。

「あらぁ、そうよぉ♪　これが妾よぉ♪　よぉく見つけたわねぇ♪」

再び温泉に現れたフォルデンテにこの本の模写絵を見せたところ、彼女はその絵を指さしながら嬉しそうにその絵に見入っていた。名前の記載などはなかったけど、やはり湯あみをしているということで正解だったようだ。

「なにを言ってるのぉ？　ほらぁ、ここに妾の名前が刻まれてるじゃなぁい」

そう言うとフォルデンテは、湯あみをしている絵の横に刻まれている模様のようなものを指さした。

「……って、え？　これって文字なの？」

僕がびっくりした顔をしていると、

「なんなのぉ、坊やってば、結構博識だと思ってたのにぃ、魔界文字を知らないのぉ？」

僕の顔を覗き込みながら怪訝そうな顔をするフォルデンテ。……そんなことを言われても、僕は魔界文字など見たことがないし、聞いた事もないわけで……そもそも、勇者が魔界とつながる門を破壊したとされる数百年前から、魔界と人間界には交流がないはずだし、それ以前にそもそも魔界というものが本当に存在しているのかすら怪しいと言う人々も多いわけだし……

「ふぅん……そうねぇ」

フォルデンテは、少し考えると、詠唱を始めた。

しばらくすると、彼女の前に一枚の羊皮紙が現れた。

「温泉のお礼よぉ、はい、魔界文字の翻・訳・書♪」

そう言いながら、フォルデンテはその羊皮紙を僕に差し出した。フォルデンテの言葉に、僕は一瞬息を呑んだ。え？　そんなすごいものが……え？

「別にそうすごいものではないのよぉ。要は、世間一般には知らされていないだ・ぁ・け♪」

そう言うと、フォルデンテはいつものようにクスクス笑い始めた。

……フォルデンテの言葉のとおりなら、この言葉、魔界文字のことを世間一般ではない、一部の人たちは知っている……ということにならないだろうか？　……とはいえ、今の僕にはそれを確かめる術もないわけだし……僕は、それ以上深く考えることはせず、純粋な知的好奇心からその羊皮紙を見つめていた。

「……あれ？」

その時僕は、妙な違和感を感じていた。

「……この文字……どこかで見た事があるような」

そう思いながらた僕は、記憶をたどっていった。そして、ある本に思い当たった。

「そうだ……ヨーメの教会にあった、あの本に書かれていた模様みたいな文字と似ているんだ!?」

以前、ヨーメの教会に泊めてもらった際、部屋の書棚に入っていたあの書物である。次回、村へ行った際にはヨーメにお願いしてあの書物を貸してもらおう……。果たして、あの書物を読むことが出来るのだろうか……あの書物にはなにが書かれているのだろうか……そんなことを考えながら、僕はワクワクしていた。

翌朝。

今度は、龍人の妹・エーラが脱皮していた。姉のオーラのものより若干小ぶりではあるが、やはりどれも綺麗だった。前回は薬のことで少し考えこんでしまったため、鱗の売却を頼み損ねてしまったけど、次回クロがまたやって来た時には、改めて販売の依頼をしてみようと思っている。生きていくためにはある程度の妥協もしていかないと……しばらくあれこれ考えた結果、そう思い至ったんだ。

この日は予定より若干早かったんだけど、ゴルン山の麓の集落へ薬を届けにいくことにした。

当然ながらヨーメの教会にあったあの書物のことが気になって仕方がなかったというのが一番の理由だ。

「今日のぼっちゃまはとっても楽しそうですニャ」

今回同行しているウーニャが、僕の顔を覗き込みながら嬉しそうに微笑んだ。

……言われてみれば、最近の僕は例の薬のことなどであれこれ考えこんでしまうことが多くて、あまり笑っていなかったかもしれない……

そう思うと、フォルデンテからもらった羊皮紙一枚でこんなにわくわくしている自分が少しおかしく思えてしまった……。本当に、人って現金というか、単純なものだな……羊皮紙一枚で気の持ちようがこんなに変わってしまうなんて……


いつものように、巨木の宿泊所で一泊した僕たち。

この日も当然のように建築用の資材を持参していて、あれこれ小屋をグレードアップしていった。

すでにしっかりした屋根と壁が出来ており、木の下へのはしごも完備している。

今回は簡易ながらも調理施設を設置したおかげで、この日の夕食はウーニャの温かい料理を口にすることが出来た。

翌朝早くに巨木の宿泊所を出発した僕とウーニャは、お昼前にゴルン山の麓の集落へと到着した。

僕は真っ先にヨーメの教会へと向かった。そこでヨーメに事情を説明し、あの部屋の本を貸して欲しいとお願いすると、

「サファテ様に喜んでいただけるのでしたら差し上げますお。もう何年も誰も読んでいない本ばかりですお」

そう言って、あの書物を持ってきてくれた。あの魔界文字らしきもので書かれていた書物は、あの

部屋には一冊しかなかったんだけど、

「同じような書物が倉庫にもありましたですお」

ヨーメはそう言って、全部で五冊の本を持ってきてくれた。かなり埃をかぶっていてカバーはボロボロになってはいるものの、どれも中身の状態はよかった。フォルデンテからもらった羊皮紙と見比べてみると……間違いない、その書物に書かれている文字は、間違いなく魔界文字だった。羊皮紙で調べながらその背表紙の文字を読み解いていくと、そこには『魔術界魔法書』と書かれてあり、その下に一から五までの番号が刻まれていた。おそらくこの五冊はシリーズ物なのだろう。

……しかし……魔術界？　魔界じゃなくて魔術界って、なんだろう？

かつてこの世界と門でつながっていたのは、魔界のはずだけど……そのことに違和感を覚えながらも、僕はヨーメにお礼を言うと、その書物を魔法袋に収納し商店街組合へ向かっていった。


ゴルン山の麓の集落から帰ったその夜。

僕は、いつものように温泉でフォルデンテと話をしていた。

フォルデンテは、エルデナたちからの度重なる猛抗議を受けた結果、渋々ながら体にタオルを巻き付けて湯船に浸かっていた。

「なぁにぃ？　坊やってば、魔界が魔術界の略称だっていうことも知らなかったのぉ？」

僕の質問に、フォルデンテはびっくりしたような表情をその顔に浮かべながら僕の顔を覗き込んできた。フォルデンテはそう言うものの……魔界の知識は、数百年前に勇者が魔界の門を破壊して以降、魔界とこの世界の交流がなくなったためにほぼ失われているわけだし……

僕が困惑していると、フォルデンテは腕組みしながらため息をついた。

「まぁ、情報が出回ってないんじゃあしょうがないわねぇ。じゃ、特別に魔術界のことについて少し教えてあげるわねぇ♪」

フォルデンテは軽く咳払いをすると、僕の鼻の頭に右手の人差し指をあてがいながら話し始めた。

「魔術界はねぇ、魔力に満ちあふれた世界でねぇ、魔法を扱うのに長けた民が住む世界なのよぉ♪以前はぁこの世界とも友好な関係を結んでいてねぇ、六つの門を通して交流があったのよねぇ♪でもねぇ、魔王とその配下が魔界を支配するようになってからはねぇ、両世界の関係が急速に悪化していったのよぉ。魔王がこの世界を乗っ取ろうとし始めたからなんだけどねぇ。でねぇ、その頃から魔術界のことを魔王界と呼ぶ者も出て来たわけなんだけどねぇ、いつしかそれを省略した呼称、『魔界』という呼び名が一般的に広まって今に至るというわけねぇ♪」

「フォルデンテは魔界の民ではないのかい？」

「えぇ、違うわよぉ♪　妾はこの世界の民……ただぁ、魔術界で魔法を学んだおかげでぇ、肉体が死滅した今もこうして思念体としてこの世界に存在出来ているわけねぇ。肉体を有していた頃の妾は魔界の門から魔王の手先がこの世界に侵攻してこないように見守っていたのよぉ」

そこまで話したフォルデンテは、

「はい、今日はここまでねぇ♪」

そう言って、僕の鼻の頭に軽くキスをすると、湯船に入り直した。その後のフォルデンテはひたすら温泉を満喫することに専念してしまい、魔界の話をそれ以上聞くことは出来なかった。


とはいえ……こうして遥か昔の、文献にもほとんど残っていない話を聞かせてもらえたこの一時は、僕としても非常に嬉しく、楽しく、有意義な時間だった。


僕は、フォルデンテにキスをされた鼻の頭をさすりながら、彼女の横顔を見つめていた。

「……なに、鼻の下を伸ばしてるんですかサファテ?」

「うわ!? え、エルデナ!?」

真横にいきなり出現したエルデナの顔を前にして、僕は思わず飛び上がってしまった。


……そうなんだ……いくら言っても男湯に出現するフォルデンテのせいで、いつの間にかこの温泉は混浴状態になっていて、体にバスタオルを巻いているエルデナや、他のみんなによってしっかり監視されながらフォルデンテの話を聞かなければならないんだ。そして、なにかあるとこうしてすぐにツッコミが入ってくるわけで……

「坊やも大変ねぇ♪」

エルデナの前でしどろもどろになっている僕に対し、フォルデンテは楽しそうにクスクス笑っていた。

そんなフォルデンテに、僕は苦笑を返すことしか出来なかった。


その夜。

自室に戻った僕は、ヨーメから貰った書物を開いてみた。羊皮紙を片手に読み解いていくと……どうやらこの書物は魔術界の魔法の指導書的なものらしいことが理解出来た。特に興味深かったのは、この世界の魔法と同じ魔法が結構紹介されていることだった。この世界と魔術界の魔法が、元は同じ系譜から派生しているのでは……そんな仮説を思いついたりしたわけなんだけど、これに関しては、もっともっと調べ、勉強していかないと結論を出すことは出来ないだろう。そもそも、初級の魔法しか使用出来ない僕に、そこまでのことが出来るのかどうかも怪しいと言わざるを得ない。

早く読み進めたい気持ちを抑えながら、羊皮紙を片手にゆっくりページをめくっていたのだが……気が付いたら夜が明け始めていた。

ベッドの上では、コロックが気持ちよさそうに寝息を立てていた。


「……根を詰め過ぎです」

翌朝、寝ぼけ顔で朝食の場に現れた僕は、エルデナにあきれ顔で怒られてしまった。

「……サファテらしいといえば、らしいですけど、くれぐれも無理は禁物ですよ」

「わかった、以後気をつけるよ」

苦笑しながら頭をかいている僕の姿を見つめていたエルデナは、クスクス笑っていた。

朝食を済ませた僕たちが畑仕事をしているとクロの荷馬車隊がやってきた。お土産目当てのコロックが、早速、荷馬車に張り付いている。僕は、クロと挨拶を交わすと、オーラとエーラの鱗のことを相談した。

オーラたちのことは蜥蜴人で通していることもあり、近くの森の中で見つけたということでみんなとも情報を共有してある……ただしコロックだけには伝えていない。コロックに伝えるとすぐにボロが出そうで……

「なんと⁉ こんな貴重な品の売却をワシに任せてくれるというのか⁉ よしわかった！ ワシに任せい！ 目いっぱい高く売ってきてやるわい！」

鱗を手にしたクロは、嬉しそうにガハハと笑った。商売人のクロにとって、商品を少しでも高く売り、少しでも多くの利益を出すことが最大の関心事であり最大の誠意ということになるのだろう。

最近、少しそのことが理解出来るようになってきた気がする。僕はクロによろしく頼むと伝えた。

「よっしゃ！ 今日は前祝いじゃ！ 皆で飲もうぞ！」

クロはそう言うと、僕の背中を叩きながら楽しそうにガハハと笑った。

クロはいつものように四日滞在した。

クロたちは新しく出来た温泉も満喫していたんだけど……不思議なことに、クロたちが滞在している間、フォルデンテは温泉にやってこなかった。

いつものように、畑仕事や狩りなどを目いっぱい手伝ってくれたクロたちは四日目の朝、旅立っていった。

その際、クロに例の魔術書を見せて、

「こんな文字で書かれた書物を見かけることがあったらぜひ入手してほしいんだ」

と伝えてみた。

「ふむ……とりあえず気にしておくわい」

クロはそう答えると、荷馬車隊を率いていつものように旧街道を進んでいった。

その夜。

クロたちがいなくなるのと入れ替わるようにしてフォルデンテが温泉に姿を現した。

「どうもねぇ、鬼人は好きになれないのよねぇ……」

そう言いながらフォルデンテは、お湯の中で手足を思い切り伸ばしていた。

「門を守ってた頃にねぇ、魔王の手先としてよく襲って来た種族なのよねぇ……あのクロって鬼人が気のいい奴っていうのはわかっているんだけどねぇ……」

そう言うと、フォルデンテは珍しく頬を膨らませながら唇を突き出し、明らかに不満そうな表情を浮かべていた。

すると、そんなフォルデンテの横にウーニャが歩み寄っていった。もちろん、体をバスタオルで巻いている……んだけど……ウーニャの場合、尻尾が伸びているせいで、その……お尻がチラチラ見えていて……ちょっと目のやり場に困ってしまうというか……見なければいいとわかってはいるんだけど、ついそこに目が向いてしまうわけで……

「フォルデンテ様、そう毛嫌いなさらなくてもよろしいじゃないですかニャ。クロ様はこんなにおいしいお酒も持ってきてくれますニャよ」

ウーニャはクロが置いていった酒の入ったグラスをフォルデンテへ差し出した。フォルデンテは、体を実体化させてグラスを受け取ると、クイッと飲み干した。

「……あらぁ？　……これ、結構おいしいわねぇ♪」

マジマジとグラスを見つめるフォルデンテ。

「もう一杯どうですかニャ？」

ウーニャがフォルデンテに酒の樽を差し出していく。

「……そうねぇ、こんないいお酒を持ってきてくれるのならぁ、すこぉしだけ考えを改めてあげてもいいかもしれないわねぇ♪」

そう言いながら、フォルデンテはウーニャにグラスを差し出した。この様子だと、次回クロが来訪した際には、フォルデンテのことを紹介出来そうだ。


最近の僕は、毎晩魔術界の魔法書とにらめっこし続けていた。解読出来た魔法のいくつかを実際に試してみたところ、そのうちのいくつかはあっさり成功してしまい、試した僕自身がびっくりしてしまった。

成功した魔法の一つが、『姿形変化』。これは、自分の姿を、他の人物・種族に変更出来るというものだった。詠唱もそう複雑ではなかったので行ってみたところ、僕は一瞬にして鬼人の姿に変化出来てしまった。

書物の記載によるとこの魔法は「効果停止の詠唱を行う」か「術者が気絶状態か睡眠状態になる」もしくは「絶命」すると効果が切れるらしい。わざわざ『術者が』と明記してあるということは、他者に対しても行うことが出来るということなのだろうか？　そう思った僕は家のみんなに対してこの魔法を試してみたところ、エルデナの姿を猫人の姿に変化させることは成功したんだけど、他の皆には全く効果がなかった。

「ご主人さま、コロック変わらないクマ……」

コロックの寂しそうな視線がすごく辛かった……

その夜、温泉でフォルデンテにこのことを相談してみた。

「姿形変化はねぇ、人種族が亜人種族に変化するための魔法なのよねぇ」

「……え？　じゃあなんでエルデナを変化させることが出来たんだい？」

フォルデンテの言葉に、僕は目が点になってしまった。

確かに僕は人種族だけど、エルデナは亜人種族のエルフ族だ。フォルデンテの説明だと、エルデナを変化させることが出来た説明がつかないというか……

「そうねぇ……エルフのお嬢ちゃんに坊やの魔法が効いたのはぁ……まぁ、個人的な感情による相乗効果……とでも言っておきましょうかねぇ♪」

そう言って、いたずらっぽく笑うフォルデンテ。


個人的な感情？

相乗効果？


その言葉の意味がいまいちわかりかねていた僕は、首をかしげ続けていたんだけど、隣で湯船に浸かっていたエルデナはその意味が理解出来たのか、なにやら真っ赤になりながら鼻の下までお湯に浸かってしまった。僕はエルデナに、

「あの言葉の意味がわかったのかい？　よかったら教えてくれないか？」

そう言ったんだけど、エルデナは、

「……もう、知らない！」

そう言いながらそっぽを向くばかりで、結局最後まで教えてもらうことが出来なかった。ウーニャには、

「ぼっちゃまは相変わらず鈍感ですニャあ……」

そう言いながら肩を落とされるし……一体どういうことなんだろう……

最後まで答えを見つけ出せなかった僕は、ただただ首をかしげ続けていた。

その後、フォルデンテから変化魔法の事を詳しく教えてもらった。

「その魔法はねぇ、坊やが知っている人種族もしくは亜人種族にしか変化出来ないのよぉ。『知っている』の定義は、書物や知識として知っているというのではなく、実際に出会い、話し、最低限の身体的接触を行った相手ってことになるわ……ま、握手程度で十分なんだけどねぇ。慣れるまでは思い通りに変化出来ないでしょうけどぉ、ま、しっかり頑張りなさぁい」

フォルデンテはそう言うと、いつものようにクスクス笑った。

フォルデンテに言われた通り何度も練習を行っていると、僕自身の姿を小黒熊形態のコロックそっくりに変化させることが出来た。それを見たコロックが

「ご主人さまがコロックになったクマ～！　仲間クマ～！　お友達クマ～！」

大喜びしながら小黒熊形態の僕に抱きつきまくってきた。

そんなコロックの姿が嬉しくて何度も小黒熊の姿に変化した僕なんだけど、そのせいで体内魔力を使い過ぎてしまった僕は、いわゆる魔力枯渇状態に陥ってしまい、コロックの目の前で倒れたばかりか、翌日一日寝込む羽目になってしまった。

「ご主人さま、大丈夫クマ?」

そんな僕を、コロックが一日中看病してくれた。

ずっと心配そうな表情をしているコロックを見つめながら、僕は二度とこんなミスはしない、と心に誓った。


数日後。

魔力も回復し、体調もすっかり良くなった僕は、新しい魔法を試そうと書物を読み解き続けていた。

今回試そうとしているのは『プラント』という魔法だ。

書物によると『木の枝葉を思い通りの植物の栽培場にすることが出来る』とだけ書かれている。それだけではよく意味が理解出来なかったんだけど、その横に描かれている挿絵を見てみると、大きな木に玉状の大きな実が生っており、その実の周囲の枝葉は、その木そのものの枝葉とは別の枝葉で形成されているのがわかった。……ぉそらく、木の枝葉の部分を、玉状の実を中心にしていくつかのブロックに分けて、そのブロックごとに全く別の植物の育成を行える……って感じなのかな？

「だいたいそういうことねぇ♪」

温泉でフォルデンテに聞いてみたところ、僕の推測でほぼ合っているという返事をもらうことが出来た。

「少し補足するとねぇ、プラントはぁ、『実験栽培工場魔法』とも言われているのよぉ。例えばぁ、初めて見る植物を手に入れたとするじゃない？　普通、その種がないとぉ、その植物を増やすことは出来ないじゃない？　でもねぇ、プラント魔法をかけられた木を利用するとねぇ、木の枝の中にあるコブのような核《コア》の中にぃ、その植物の一部を詠唱しながら突っ込んで同化させることでぇ、その植物を育成して増やすことが出来るのよぉ♪　しかもねぇ、育成時間がすっごく早いのよぉ。その分、一度に出来る量は少ないんだけどねぇ♪」

フォルデンテの説明を……僕はやはり首をひねりながら聞いていた。

やはりここは、論より証拠というわけで、翌朝、僕は家の近くに生えている大きな木に、プラントの魔法をかけてみた。詠唱が結構複雑だったため、二回失敗したものの、三回目で木の葉がざわめきはじめ、その木の葉が、いくつかの丸いブロック状に変形していった。すると、プラントの話をききつけたコロックが僕の元に駆け寄ってきた。

「ご主人さま、コロック、この木の実を増やしてほしいクマ！」

そう言ってクロが差し出したのは、木の実の皮の切れ端だった。クロがお土産として持ってきてくれた食べ物の中にあったピルチという果物だったはずだ。コロックは、この実をすごく気に入って、一人で全部食べてしまったはずなんだけど……この皮が随分みずみずしいところを見ると、コロックはいくつか隠し持っていたようだ。

僕は試しに、核に、この皮を同化させてみることにした。

木に登り、枝のコブを探してみたところ、コブは丸くなっている枝葉の中心部にあったのですぐにわかった。

詠唱しながら皮を持った手を伸ばしていくと、僕の右手はそのコブの中にあっさりと入っていった。

コブの中に皮を置いて見たんだけど……なにかが起きる気配はなかった。

「ご主人さま……なにも起きないクマ？」

「……う～ん……やっぱりまだ練習不足だったかな……」

僕とコロックは、顔を見合わせながら互いに苦笑を浮かべた。

その後、一刻近く様子を見てみたんだけど木には特に変化がなかった。

そのため僕は失敗したものと思っていた。

翌朝。

「ご主人さま！　すごいクマ！　すごいクマ〜!!」

まだ寝ていた僕を、コロックが揺り起こした。

コロックに連れられて窓へ移動してみると……昨日プラントの魔法をかけた木の一部に、ピルチの実がなっていたのである。

家を飛び出したコロックは、

「ご主人さま、取ってきていいクマ？」

そう言いながら、同時にそわそわしながら僕を見つめていた。僕が許可すると、木登りが得意なコロックはするすると木の上へ駆け上っていき、ピルチの実をあっという間に全部収穫してしまった。

早速ピルチの実にむしゃぶりついたコロックは、

「ご主人さま、とってもおいしいクマ」

ピルチの汁で口の周りをベトベトにしながら嬉しそうに笑っていた。


確かに、この魔法は便利だ。

ピルチの皮から、その実が二十個近く出来たんだから。しかもたったの一晩で。今後、魔法薬の材料になる薬草も同じように栽培することが出来るかもしれないし、うまくいけば、同化させる際に薬草同士を掛け合わせて新種の薬草の栽培を試すことなども出来るかもしれない。短時間でその結果を知ることが出来るのも魅力だ。ただ、核が木の高い部分にしかないため、これを管理するのが結構大変そうだ。収穫にしても、コロックだけに頑張ってもらうわけにもいかないだろうし……この問題に関しては後々検討する必要がありそうだ。

あと、書物によると、プラント魔法は木の寿命を早めてしまうらしい。大きな木にどんどんプラント魔法をかけていくと、山があっという間にはげ上がってしまう危険もあるわけだ。それも踏まえて、この魔法は計画的に利用していかないといけないな。

ちなみに、今回生産することが出来たピルチの実なんだけど、全部収穫しても翌朝にはまた同じ数の実が生っていて、コロックが大喜びしていた。この調子で毎日のように実がなり続けるもんだから一週間もすると籠いっぱいになってしまった。腐らないように魔法袋に入れて保存しているけど、コロックやみんながいくら食べても減らないどころか、日々在庫が増えていっている状態だ。そこで僕は、家で食べる分だけ残し、残りをゴルン山の麓の集落へ薬を届けにいくついでに売りに行ってみたんだけど、これがかなりの高値で買い取ってもらえた。なんでも、このピルチの実が出来るのは春先から夏にかけてなので、今の時期にこんなにたくさん出回るのは珍しいんだそうだ。季節に関係なく実を生すことが出来てしまうことを踏まえると、このプラント魔法はいろんな意味で規格外な効果を持っているんだなぁ、と改めて実感した。

ピルチの実がこのまま実をつけ続けてくれればいい収入源になる……そう思っていたんだけど、いきなり問題が起きてしまった。

ある日、害虫が大量発生してしまい、ピルチの実が全滅してしまっていたのである。

「ご主人さま～……悲しいクマ～……」

害虫のせいでボロボロになってしまった、ピルチの実が実っていたあたりを見上げながら、コロックが目を潤ませていた。

「そうだね……害虫対策も怠っちゃダメってことだね」

僕は、そう自分に言い聞かせながら、コロックの頭を優しく撫でた。


木の家の裏に設営した温泉は、住人の僕たちとフォルデンテが毎晩のように満喫している。ただ、せっかくの温泉を僕たちだけで利用しているのは、ちょっともったいないとも思っている。

いつかは公衆浴場的な施設でも作って、ゴルン山の麓の集落の人たちにも利用してもらえたらなと考えたりしているんだけど……現状では施設を維持するのに必要な人員が足りないし、それに、グリード家に睨まれている現状で、不特定多数の人たちが集まるような施設を住居の近くに設置するのは時期尚早ではないかと、エルデナやウーニャに言われてしまった。なにか、この難問を解決出来るいい方法がないものかと、あれこれ思案しているけど、なかなかいい考えが浮かばないというのが現状だった。

……ピルチの実といい、温泉といい、なかなかうまくいかないもんだな。

木の家の二階にある自室で机に向かっていた僕は、書物から一度目を離し大きく背伸びをした。

「……いつもだけど、根を詰め過ぎよ」

一緒に、書物を眺めていたエルデナが、

「……ちょっと一服しましょうか」

そう言うと、一階の台所へ行って紅茶を入れてきてくれた。

「……この紅茶の茶葉も、プラントで栽培出来たりしないのかしら？」

「そうか、紅茶の葉……それもこんな上質な紅茶の葉を増産することが出来たら、僕たちが飲むためだけじゃなくて、高く売れるかもしれないね」

「……そうね、でもそのためにはまず、このプラント魔法の精度を……」

一服しながらも、僕とエルデナの会話はいつものように魔法の研究のことになっていく。それは、エルデナと王都で一緒に研究していた頃からよくあったことであり、この時間を僕はとても気に入っている。

この夜、僕とエルデナは遅くまで研究の話題で意見を交わし合った。

僕のベッドでは、いつものようにコロックが布団に潜り込んで寝息を立てていた。

魔界の魔法書に記されている魔法は、僕が今までに見たこともなく聞いたこともないものが多い。それはエルデナも同様だった。そのため、非常に興味深く、また、それを学ぶのが楽しくもある。

ただ、断片的に記載されている物が多いため、その魔法の内容を理解出来ないことが少なくない。

また、使用の際にいろいろ制約が設けられているものも多く、しかもそれらの内容を魔界文字から解読しながら理解していかなければならないため、研究は遅々として進んでいない。

それでも、先の姿形変化魔法やプラント魔法のように使用に成功した魔法も出始めている。

そんな中、僕は新たに『壁生成《ウォールメイク》』という魔法を試してみた。すると、頑丈で、結構大きな石造りの壁を生成することに成功した。これを使えば、家の壁に利用出来たり、石壁で木の家の周囲を覆う防壁として利用出来たりして結構便利なんじゃないか……と、思っていたんだけど……この壁……僕がその壁から一定距離離れると、僕を追いかけるようにしてついてくるのである。特に重さは感じないんだけど、僕の後ろを巨大な壁がついてくる光景はなかなかにシュールだった……しかもこの壁はしっかりと接地しているため、ゴリゴリと地面を削りながら僕についてくるもんだから結構厄介でもある。

フォルデンテに、この魔法について聞いてみると、

「主に戦場でねぇ、敵からの攻撃を防ぐのに使われる魔法なのよぉ。壁が発生している間は詠唱者の

魔力を一定量消費し続けるからぁ長時間は使用出来ないわよぉ」

そう教えてくれた。となると、僕が最初に思っていた家の壁や防壁として使うことは無理ということになる。……ホント、思い通りにはいかないものだ。


数日後。

ゴルン山の麓の集落へ薬を届けに行く日になった。今回は、僕とエルデナの二人で出発した。

いつものように巨木の宿泊所で一泊し、翌日のお昼前に集落へと到着した。

ヨーメの教会へ薬を届けた僕たちは、いつものように商店街組合へ顔を出したんだけど……アレアがなにやら渋い顔をしていた。

「アレア、どうかしたのかい？」

僕が尋ねると、アレアが首をひねりながら口を開いた。

「ゴルン山の麓の集落の近くにはですですね、王都直属の辺境駐屯地があるですです。王都に税金を納めている代わりに、この一帯の治安維持を行ってくれているんですですけど……この駐屯地の騎士たちがですですね、最近、怪しい動きをしていて頭を痛めているのですです」

「怪しい動き？」

「はいですです。ゴルン山のですですね、北方の森の奥地に頻繁に出向いては、なにかをやっているようなのですです。害獣指定されている魔獣を討伐してくれているのならいいのですですけど、どうもそうではなさそうなんですです……あのあたりは凶悪な魔獣が多いですですから、変なことをして魔獣を刺激してほしくないですですけどねぇ……」

　そう言うと、アレアは再び腕組みしながら首をひねっていた。


　集落としてもその旨を駐屯地に伝えているそうなんだけど、駐屯地からは、

『そんな地域へ出向いている者は一人もいない』

　との返答が返ってくるばかりなんだとか……


「……辺境の駐屯地に配属されている騎士といえば、新米か王都で無能の烙印《らくいん》を押された者たちの集まりですからね」

　木の家へ帰る途中、エルデナが大きなため息をついた。エルデナの言葉は、辺境にある駐屯地の現状を的確に言い表しているといえた。

　辺境駐屯地勤務というのは、一度赴くとなかなか王都へ戻れない上に、なにもない田舎での勤務を強要されるため、騎士団の中でも特に希望者が少ない任務と言われている。それでも、各地に多数点

在している辺境駐屯地に配属するのに必要な人員を確保するために、王都の騎士団では、入隊したての新人を送り込んだり、問題を起こした者や怪我などにより騎士としてまともに働けなくなった者たちを事実上の左遷として送り込んだりしており、どうにか頭数だけでも揃えようと必死になっているのである。そのため、辺境駐屯地に勤務している騎士は総じてモラルが低いと言われている。近くの村に用もないのに出向いていき、難癖をつけて金を要求する恐喝まがいの行為や、住人の資材を徴収名目で勝手に持ち去るという強盗まがいの行為をするものも少なくないと言われている。

その事を思い出しながら、僕もエルデナ同様にため息をついた。

「……森の中で何かしているとなると、魔石の鉱脈でも見つけて勝手に採掘しているか、洞窟でも見つけて宝探しでもしているか……どう転んでもまともな事をしているとは思えないな……そんなことに精を出す暇があったら、もっと他にするべきことがあるだろうに……」

以前、ゴルン山の麓の集落でデパ熱がまん延した際、集落の人たちは辺境駐屯地へも救援依頼をしたそうなんだけど、駐屯地の兵たちは感染することを恐れたらしく、駐屯地を放棄してしばらくの間遠方の駐屯地へ逃げ込んでいたらしい……

そんなことを話しながら、僕もエルデナもなんとなく嫌な感じを抱いていた。

そして……その嫌な感じが現実のものとなったのは、僕たちが木の家に戻ってから二日後のことだった。

「ご主人さま～、なんか山の方が燃えてるクマ～」

コロックの言葉に、僕は慌ててコロックが外を眺めている窓のところへ駆け寄った。

コロックは、木の家の裏手にある渓谷の方を眺めていたんだけど……その遙か前方に見えるゴルン山裾野の森のあたりから火の手があがっていた。その火は相当広範囲に渡っている。

「……山火事……にしては、なにか変だな……」

これが山火事なら、周囲へ向かって燃え広がっていくはずだ。でもこの炎は、時折火柱のようなものが出現し、その度に火災の範囲が広がっているのである。しかも、時折地響きのようなものまで聞こえてくる。

「まるで、火炎が暴れているようだ……」

僕はその炎を見つめながら呟いた。

すると、僕の横にフォルデンテが姿を現した。

「あらあらぁ、これはまた珍しいわねぇ。サラマンダーが怒り狂ってるわよぉ♪」

つい先ほどまで温泉に浸かっていたらしいフォルデンテが、クロの酒を飲みながら、のんきな声をあげた。

「さ、サラマンダー!?　サラマンダーって、あの、『地の龍』って言われている?」

「そうよ、そのサラマンダー。あのあたりにねぇ、巨大な洞窟があるんだけどさぁ、そこでね、百年近く生きているサラマンダーが眠りこけているんだけどぉ……どうもそのサラマンダーが起きて暴れ出したみたいねぇ」

　フォルデンテはそう言いながら酒を口に運んだんだけど、そこで首をひねった。

「……でも、変ねぇ……あのサラマンダーは、怒りにまかせて暴れるような子じゃないはずなんだけどぉ……」

　頬に、人差し指を当てながら首をかしげ続けているフォルデンテ。

「あらやだ……ちょっとまずいわよぉ……逃げ惑う人たちの波動を感じるわぁ」

　フォルデンテの言葉に、僕は思わず目を丸くした。

　とにかく、このままではまずい……それだけはよくわかる。だからといって、僕に出来ることがあるだろうか……目を見開いたまま僕は考えこんでいく。その視線の先には、森を焼く炎が……

「なにか出来ることがあるかもしれない。とにかく急いで行ってみよう」

　そう言うと、僕は部屋を飛び出した。

「ご主人さま、コロックもお手伝いするクマ！」

　そう言いながら、コロックも僕についてくる。

　……しかし、急いで行くにしても、ゴルン山の麓の集落まで行くとなると、馬を飛ばしても一日近くかかってしまう。小黒熊形態になったコロックに乗せてもらったら……そんな事も頭をよぎったけど、まだ子供のコロックに、ゴルン山の麓の集落まで駆け続けるだけの体力があるとは思えない。

　どうする……どうしたらいい……

「サファテ様、私が行きます！」

考えを巡らせながら走っていた僕の元にオーラが駆け寄ってきた。

確かに、ワイバーン形態のオーラで向かえば、ゴルン山の麓の集落まで、すぐにたどりつける……でも、オーラはまだ幼龍だし、傷が癒えたばかりだし……でも、あそこに今すぐ駆けつけるには他に手はない……

僕はオーラへ視線を向けると、

「オーラ頼む……でも、くれぐれも無理はしないで」

僕の言葉に頷くと、オーラは、家の前の空き地で両手を胸の前で組み合わせ、

「はあああああああああ！」

と、大きな声をあげた。その声は、徐々に獣のそれとなり、その姿は赤い鱗を持ったワイバーンの姿へと変化していく。

以前、エーラのワイバーン形態を見たことがあったけど、オーラは姉だけあり、エーラのワイバーン形態より二回りは大きかった。ありったけの薬品や救援物資を魔法袋に詰めたウーニャとエルデナと一緒に、僕はオーラの背中へと乗り込んだ。エーラの背中は一人乗るのが精一杯だったけど、大型のオーラの背中は僕たち三人が乗っても余裕があった。

続いて、コロックが飛び乗ろうとした。

それを僕は右手で制止した。

「コロックはエーラと二人で留守番をお願い」

僕の言葉に、コロックは困惑の表情を浮かべた。

コロックとエーラはまだ子供だ。なにが起きるかわからない場所に連れていくわけにはいかない
……

「……大丈夫、すぐ帰ってくるわ」

不安そうな表情のコロックに、エルデナが微笑みかけた。それでも、オーラの背に飛び乗ろうとしていたコロックを、エーラが抱き留めてくれた。

「……クマぁ……ご主人さま……絶対帰って来てクマ……」

コロックは目を潤ませながら僕を見つめていた。僕は、コロックに笑顔で頷いた。

「よし、オーラ、頼む」

僕の言葉に頷いたオーラは、その羽を大きく羽ばたかせながら大空へ向かって舞い上がっていった。

全速力で飛行したオーラはあっという間にゴルン山まで到着した、

ゴルン山の麓は火の海と化していた。その炎の中を、亜人たちが逃げ惑っている姿が見える。

その炎の真ん中に……いた、サラマンダーだ。

サラマンダーは、その口から周囲に向かって炎を吐き続けており、同時に周囲の木々を踏みにじりながらめちゃくちゃに暴れ続けていた。そのため、サラマンダーの周囲は広範囲に渡って土がえぐれ、炎で焼かれドス黒く変色していた。その周囲を、亜人たちがなす術もなく逃げ惑っている姿が見える。

オーラは、そんなサラマンダーの周囲を旋回し始めた。

どうにかして、あのサラマンダーを止めなければ……でも、どうやって……

僕の視線の先にいるこのサラマンダーは非常に大きい。羽部分を除いたオーラの五倍……いや、もっとかもしれない。仮にオーラが真正面から体当たりしていったとしても、この体格差では逆に弾き飛ばされてしまうのが関の山だろう。

僕の魔法でどうにか出来ないものか、と、出来うるすべての攻撃魔法を思い浮かべてみるものの、使える魔法の大半が初級魔法でしかない僕が、あそこまで巨大なサラマンダーにダメージを与えられるとは思えなかった。

「……とにかく、出来ることをやりましょう」

一度着陸したオーラの背から飛び降りたエルデナは、暴れ続けているサラマンダーに向かって詠唱した。詠唱と同時に、サラマンダーの足の下に緑色の魔法陣が展開し始め、その魔法陣から突き出してきた太いツタがサラマンダーの足に巻き付きその動きを封じようとしていく。エルデナが得意としている自然系魔法だ……なるほど、こういう使い方をすればサラマンダー相手にも有効か。

視線の先で動きが止まっているサラマンダーと、詠唱を続けているエルデナを交互に見つめていく僕。

……しかし、ツタによる拘束は長くは持たなかった。

サラマンダーは、自らの足に巻き付いているツタを忌々しそうに一瞥すると、口から炎を吐き出していき、一瞬で灰にしてしまったのである。自分の足も一緒に焼いているものの、その足には傷一つついていなかった。

「……ダメね、私の自然系魔法じゃ、あのサラマンダーの炎で焼かれてしまう……」

エルデナは、悔しそうに唇を噛んでいた。

僕は、周囲を見回すと、

「エルデナはウーニャと一緒に逃げ遅れている人たちの避難を手伝ってあげて。サラマンダーの進行方向に行かないように誘導してくれ」

「……サファテはどうするの?」

「僕はオーラと一緒にもう一度サラマンダーのところへ向かう……思いついたことがあるんだ」

僕はそう言うとオーラの背中に乗り込んでいった。

「ぼっちゃま、くれぐれも無理はなさらないでくださいニャ！」

「ありがとうウーニャ、避難の方を頼むよ」

「はいですニャ！」

僕に向かって手を振るウーニャの横で、エルデナも心配そうな顔をしながらも、頷いていた。

そんな二人の様子を確認した僕は、

「オーラ、頼むよ」

そう言いながらオーラの背に手を乗せた。僕の言葉に、一度大きく頷いたオーラは僕を乗せて再び羽を羽ばたかせながら舞い上がった。


「で？　どうする気なのかしらぁ、坊やぁ♪」

「うわぁ!?　ふぉ、フォルデンテ!?」

僕の背後からいきなり姿を現したフォルデンテ。サラマンダーに集中していた僕は、完全に虚を突かれてしまい思わず大声をあげてしまった。

ま……まさか思念体のまま付いてきていたとは思わなかった……

その時、僕はあることに思い当たった。

「……そういえば、フォルデンテってさ、魔王の軍勢から門を守ってたんだよね？　その力であのサラマンダーを止めることは出来ないの？」

僕の言葉に、フォルデンテは苦笑しながら肩をすくめた。

「思念体の妾に出来ることといえばぁ転移魔法くらいなのよねぇ、しかもぉ思念体程度の質量しかない妾を移動させるのが精一杯……ごめんね、坊や」

そう言うと、フォルデンテは僕の頭をポンポンと叩いた。

僕としては結構期待していただけに、この返事にはかなり落胆してしまった……とはいえ、今はそんなことを言っている暇はない。

「……とにかく、やるだけやってみよう」

そう心に決めた僕は、サラマンダーに向かって両手を突き出しながら詠唱を始めた。

——詠唱・落雷《ライトニング》

——詠唱・炎の槍《ファイヤランス》

——詠唱・氷の塊《アイスブロック》

今の僕に出来る攻撃魔法をたて続けにサラマンダーに向けて放っていく。サラマンダーの周囲に魔法陣が出現し、そこから雷や炎の槍、氷の塊が出現してはサラマンダーへ襲いかかっていく。しかし僕の使用出来るレベルの攻撃魔法では、サラマンダーの動きを多少鈍らせるのが精一杯で、その硬い鱗に傷一つ与えることが出来なかった。おそらくダメージも皆無だろう……

オーラは、僕が攻撃しやすいようにサラマンダーの周囲を旋回してくれている。

まだ幼龍のため炎の咆哮《ブレス》を吐くことが出来ないオーラは、隙を見てはサラマンダーに急接近し、鋭い爪で襲いかかっているのだが、サラマンダーの硬い鱗にはひっかき傷の一つもついていなかった。

「……やっぱり、あれをやってみるしかないか……イチかバチかだけど、もう他に手が残っていない……」

僕はそう言うと、オーラの頭部へ視線を向けた。

「オーラ！　最高速度でサラマンダーの頭に向かって突っ込んでくれ！　真正面から水平に頼む！」

僕の言葉を聞いたオーラは、大きく咆哮すると、一度上空へと舞い上がった。

オーラの意図を悟った僕は、オーラの背びれにしっかりと捕まった。

オーラは、上空高くで羽を閉じた。当然のようにオーラの体は地面に向かってまっすぐ落下していく。かなりの速度で地面に向かって落下していたオーラは、地面近くで勢いよく羽を広げ、滑空しながら徐々に水平飛行に移行していく。

オーラの進行方向にサラマンダーの姿があった。

サラマンダーに対し水平飛行を維持しつつ速度を落とすことなく、飛行していくオーラ。

「ちょ、ちょっと坊や!?　まさか、体当たりする気ぃ!?　体当たりなんかしちゃったらぁ、坊やもぉ、この龍の小娘もぉ無事じゃすまないわよぉ!?」

フォルデンテが慌てふためきながら僕の横で目を丸くしている。いつも冷静沈着で大人な雰囲気をまとっているフォルデンテのこんなに慌てた姿を見るのは、おそらく初めてだと思う。

そんなフォルデンテルの姿を前にしても、僕は動じなかった。真正面を向いたまま、僕はサラマンダーを凝視し続けている。その顔を横から見つめていたフォルデンテは、程なくして落ち着きを取り戻すと、

「……坊や、ホントになにか一計があるようねぇ……いいわぁ、お手並み拝見といこうかしらぁ♪」

ふわりと宙を舞い、僕の肩の上に腰掛けると、その視線をサラマンダーへと向けていった。


オーラは、サラマンダーの背後から接近してくれていた。

そのため、僕たちの発見が遅れたサラマンダーは慌てた様子で炎を吐き出す動作に入っていく。

僕は、それより一瞬早く詠唱した。

――詠唱・氷の塊《アイスブロック》

僕の詠唱と同時に、サラマンダーの頭上に魔法陣が出現し、そこから氷の塊が落下していく。

その直撃をもろにくらったサラマンダーは、僕たちから視線を外し、頭上へと意識を向けていった。

狙いどおりだ……ダメージを与えられないのはわかっていた……でも、サラマンダーが炎を吐き出すのを停止させることが出来た。

僕は新たな詠唱を始めた。

「……ちょっと坊や!?　その詠唱って魔術界の……」

フォルデンテがびっくりした声をあげながら僕を見つめていた。

——詠唱・壁生成《ウォールメイク》

そんなフォルデンテの前で、僕は先日覚えたばかりの魔術界の魔法・壁生成《ウォールメイク》を詠唱した。

すると、オーラの……というか、オーラに乗っている僕の後方に巨大な魔法陣が展開しはじめ、その中から巨大な壁が出現した。その壁は、オーラに乗っているため急速に遠ざかっていく僕の後方をすごい勢いで追いかけ始めた。

壁生成魔法により生み出された壁は、詠唱者から一定の距離以上離れたら、詠唱者の後を追いかけてくる仕組みになっている。

壁の重さは全く感じないけど、壁の硬度はそのままだ。

「オーラ！　このままサラマンダーの頭の横をギリギリですり抜けて！」

僕の指示を受けたオーラは、サラマンダーの頭のすぐ横を斜めになりながら、それでいて全く減速することなくすり抜けていく。

次の瞬間、僕の後を追いかけてきていた壁がサラマンダーにぶち当たった。

GOAAAAAAAAAAAAA!?

サラマンダーの絶叫にも似た咆哮が夜空に響いていく。大音量で発せられたその咆哮は、周囲の木々を激しく揺らした。

壁生成《ウォールメイク》によって生成された壁は、サラマンダーと衝突した衝撃で木っ端みじんに砕け散っていた。

光化《ひかりか》し、消え去っていくそのかけらを体中にあびながら、サラマンダーは背中からゆっくりと倒れていった。しばらく左右に動いていたサラマンダーの尻尾が、やがてぱたりと地面の上に倒れていき、ピクリともしなくなった。

同時に、森のあちこちから歓声があがるのが聞こえてきた。

サラマンダーの上空を旋回しているオーラ。

オーラの上から、完全に動きの止まったサラマンダーを見下ろしながら僕はその場にへたり込んだ。

「……よかった……うまくいって、本当によかった……」

僕は、うわごとのように、そう繰り返していた。


「痛快だわぁ♪　私もぉいろんな魔法の使い手を見てきたけどぉ、壁生成《ウォールメイク》の壁を相手にぶっつける人なんて初めて見たわぁ♪」

腹を上にして、完全に気を失っているサラマンダーの腹上で、フォルデンテは自らのお腹を抱えながら大笑いし続けていた。

人気のない場所に着地したオーラから降りた僕は、そんなフォルデンテを苦笑しながら見つめていた。正直、精も根も尽き果てている僕は、立っているのもやっとの状態だった。

「……それにしても大きなサラマンダーですニャ……」

亜人種族たちの避難誘導をあらかた終えてここへ駆けつけてきたウーニャが、僕の横で呆然とした表情を浮かべていた。そんな僕とウーニャを見つめながら、フォルデンテはクスクスと笑っていく。

「このサラマンダーってばぁ、前に見た時はぁもう少し小さかったはずなんだけどねぇ……一体どこまで大きくなるつもりなのかしらぁ♪」

フォルデンテはそう言いながらサラマンダーのお腹をペシペシと楽しそうに叩きはじめた。っていうか……もし、あの腹叩きで目を覚ましたサラマンダーがまた暴れ出したりしないのだろうか……そんなことを考えてしまった僕の、体中から冷や汗が吹き出していく。

幸いなことに、サラマンダーに起き上がる気配がなかったため、近くに避難いていた亜人種族の皆さんに集合してもらった。

総勢で五家族十一名。

その内訳は……

ドワーフ……四人（父母＋子二）
一角獣馬人《ユニコーンピープル》……二人（姉妹）
鷹人《ホークピープル》……二人（父娘）
狐人《フォックスピープル》……一人（娘）
水牛人《バッファローピープル》……二人（夫婦）

重傷者はいないものの、ほぼ全員が火傷や軽い怪我を負っていたため、エルデナと僕で治癒魔法を、ウーニャと服を来て戻って来たオーラが薬品などを使って応急処置を施していった。

怪我の治療はすぐに終わったんだけど……本当の問題は別にあった。

ここにいる皆さんの住居がすべて破壊されてしまったというのである。

暴れ回ったサラマンダーが吐き出した炎や、振り回した尾、その巨体による行進よって、皆さんの住居は焼かれ、破壊され、踏みつぶされてしまい、跡形もなくなっていたのである。

この亜人種族の皆さんに住む場所をなんとかしてあげないと……そう思った僕たちは、ゴルン山の麓の集落へと向かった。

家を失った亜人種族の皆さんを受け入れてもらおうと思って来たものの……ゴルン山の麓の集落は

サラマンダーが暴れた場所からかなり近かったため、かなり損害を受けていた。しかも、すでにかなりの数の亜人種族たちが避難してきていたため、僕たちが連れてきた亜人種族たちをさらに受け入れる余地がなかったんだ。

「……となると……僕たちのところに来てもらおうか……」

不安そうな表情を浮かべている亜人種族の皆さんを見回しながら、僕はそう言った。

僕らが住んでいる集落には、居住可能なまでに修繕を終えている建物がいくつかあるため、とりあえずそこを仮の住居として提供させてもらおうと思ったわけだ。

僕がそのことを申し出てみたところ、

「ぜひ、お願いします！」

最初に申し出た鷹人のお父さんに続いて全員が利用したいと申し出た。

「せめてこれぐらいはお役に立たせてくださいですです」

アレアがそう言いながら、全員が乗れるだけの荷馬車と馬を提供してくれた。

二台に分かれて乗り込むため、一台の馬車は僕が、もう一台の馬車はウーニャが操馬することにした。全員乗ったことを確認した僕は、

「じゃあ、参りましょう」

そう言いながら、荷馬車を出発させた。

いつも通っている旧街道を進んでいくと、サラマンダーが横たわっているすぐ近くを通過していくことになった。

「あれが……」

「でかいな……」

亜人種族の皆さんは、荷馬車から顔を出してそのサラマンダーを見つめていた。

死んではいないみたいだから、そのうち目を覚ますとは思うけど、その時また暴れないとも限らないし……

……しかし、このサラマンダーは今後どうなるのだろう……

横目でサラマンダーを見つめながら、僕はそんなことを考えていた。

そんな僕の視線の先で、

……GUUUUUUU……

サラマンダーが、地鳴りのようなうなり声をあげながら、その目をパチッと開けたのである。

僕は、開いた目を見つめながら、自分の目を丸くしていた。また暴れるんじゃないか？　……僕は、手綱を握りしめた。いざとなったら全速で逃げ出すつもりだ。僕の横に座っているオーラも、いつでもワイバーン化出来るように身構えている。すると、まだサラマンダーのお腹の上に座っていたらしいフォルデンテが立ち上がり、僕たちに向かって手を振り始めた。

「大丈夫よぉ、さすがにこの子もぉ、もう平静を取り戻していると思うしぃ」

「……ソノ声ハ……門ノ守護者カ……マダ生キテイタノカ」

フォルデンテの言葉に続いて、サラマンダーがまるで地鳴りのような声を発した。

フォルデンテは、お腹の上を移動していき、サラマンダーの鼻頭の上で座りこんだ。

「あいにくねぇ、もう思念体しか残っていないけどさぁ。長く存在してみるもんよねぇ、今日は珍しい物が二つも見れたわぁ♪」

そう言うと、フォルデンテはクスクス笑いはじめた。

「我を忘れて暴走するデカトカゲとぉ、だらしなくお腹を見せて気絶しているデカトカゲぇ♪」

大声でそう言ったフォルデンテは、今度はお腹を抱えながら大笑いし始めた。

するとサラマンダーは、少しうなり声をあげた後、

「……ウム……言イ訳ハスマイ……コノ年ニナッテノコノ醜態……穴ガアッタラ入リタイ……」

「穴に入りたいもなにもぉ、自分が住んでた洞窟まで破壊しちゃってるしぃ、あんたが入れるような大きな穴なんて、もうどこにもないんじゃないかしらぁ♪」

そう言うと、フォルデンテは再び大笑いした。

このやりとりの様子からして二人はどうも面識があるみたいだ……しかし、小柄なフォルデンテの

軽口に、あの巨大なサラマンダーが言い負かされている姿を横から見ていると、なんとも言えない気持ちになってしまう……


僕たちは、馬車をサラマンダーの近くへと移動させた。

フォルデンテとのやりとりを聞いている感じでは、もう暴れる心配はなさそうだし……なにより、このサラマンダーがなぜあんなに大暴れしていたのか、その原因にも興味があったからだ。

今のサラマンダーは、落ち着いた様子で話をしているし……わけもなくあのように暴れるはずがないというか、なにか原因があったのではないだろうか……そう思えてならなかった。

僕の言葉を一通り聞いた後、サラマンダーはゆっくりと口を開くと、

「……結局ハ、我ヲ忘レテシマッタ我ニ非ガアルノダガ……」

そう前置きをしてから話し始めた。


このサラマンダーは、フォルデンテが言っていたように、ゴルン山近くの森の中にあった洞窟の奥深くで浅い眠りについていたそうだ。

その洞窟の中に最近騎士らしい格好をした者たちが侵入しては、洞窟内の警備のためにサラマンダーが召喚していた骨人間《スケルトン》相手に戦いを挑んだり、洞窟内に点在していた魔石などを持ち出していたのだという。サラマンダーは、それくらいなら別にかまわないと思い、騎士たちを放置したまま眠り続けていたそうなんだけど、その騎士たちはあろうことかサラマンダーの額にある宝珠を取り出そう

としたのだという。長年眠り続けていたサラマンダーの体はこの時土砂に埋もれていたため、騎士たちはその土砂の中から覗いていた宝珠をサラマンダーの頭部の物とは夢にも思わなかったらしい。しかも、その作業を行う際に、爆破魔法を使用したらしいとのことだった。

おそらく、辺境駐屯地の魔法使役者を同行させたのだろう。

本来であれば、爆破魔法程度ではびくともしないサラマンダーなのだが、その一発が横向きになって寝ていたサラマンダーの顎下にある逆鱗に直撃したのだという。

逆鱗……

龍種は、体の一部……主に顎の下あたりに逆鱗と言われる、触ると非常に嫌がられる鱗を持っているとされている。そこには神経が集中していて非常に鋭敏なため、ちょっとした刺激を加えるだけで龍は我を忘れて大暴れすると言われている。

……これは、あくまでも諸説ある中の一説であり、正確な理由はわかっていない。

一応、このサラマンダーにも聞いてみたんだけど、『我モ正確ナトコロハ理解シテイナイ』とのことだった。

そして、逆鱗に衝撃を受けたこのサラマンダーは、その途端に我を忘れて大暴れし始めてしまい、そして今に至るということだった。

「トニモカクニモ……コノ姿デハドウニモナラナイナ……自分デハ起キアガレソウモナイ……」

相変わらずお腹を上に向けたまま、サラマンダーは少し悲しそうにそういった。

「……うむぅ、出来るかどうかわかりませんニャけど、このウーニャがいっちょ、ひっくり返してみますかニャ」

そう言いながら、ウーニャが腕まくりしながらサラマンダーの元へ歩み寄ろうとしたもんだから、僕は慌ててウーニャを引き留めた。いくらウーニャでも、それは無理だよ……多分……

……しかし、となるとオーラにもう一度ワイバーン化してもらって、ひっくり返してもらうくらいしか思いつかないな……

僕は、ウーニャを押さえながらサラマンダーを見上げていた。

すると、相変わらずサラマンダーの鼻の上に座っているフォルデンテが、再び笑い始めた。

「ホントあなたってばお馬鹿ねぇ、人型になればいいだけのことでしょう?」

「……」

「ほら、人型になりなさいよぉ」

「……」

「……なに？　みんなに見られてて恥ずかしいのぉ？」

「……イ、イヤ、ソウイウワケデハナイノダガ……」

「……ちょっとあんたぁ……まさか寝ている間にぃ、人型への変化の仕方を忘れたとか言うんじゃないでしょうねぇ？」

そう言うと、フォルデンテはクスクス笑いはじめた。

「……ハ、ハズカシナガラ」

そんなフォルデンテに、サラマンダーはその巨体に似合わない、消え入りそうな声でそう言った。

その言葉に、フォルデンテは真顔になってサラマンダーへ視線を向けていく。

「……嘘……まじ？」

「……メ、メンボクナイ……」


その後、サラマンダーが人型へ変化する方法を思い出すのに、たっぷり二刻かかった……


僕たちの前に、長身の女性が立っていた。あのサラマンダーが人型に変化した姿である。

最初、裸のまま僕たちの前に歩み寄ってこようとしたこの女性に、エルデナとウーニャが慌てて服を着せにいったんだけど、

「いや、我は別に気にしない」

そう言いながら服を返そうとしたため、しばし押し問答になってしまった。

その後、

「今は服を着るのが当たり前なのよぉ、おとなしく着ときなさぁい」

フォルデンテのお説教じみた一言を受けて、サラマンダーはやっと服を着てくれた。

「改めて、我を止めてくれたことを感謝する。それと、そちらの者たちを危険にさらしてしまったことも併せて謝罪させてほしい」

サラマンダーは、僕たちの前でそう言いながら深々と頭を下げた。

人の女性の姿になったサラマンダーは、二メートル近い長身で、かなり筋肉質な体つきながらも女性らしい体形を保っていた。

サラマンダー形態の時に聞いた話で、サラマンダーが一方的に悪かったわけではないことを理解していた僕たちは、

「もう大丈夫ですから」

そう言ったんだけど、

「いや、そういうわけには行くまい。お詫びの印に鱗をくれてやろうか？　牙でもよいぞ？　なんならこの宝珠をだな……」

女人姿のサラマンダーは、そう言いながら前髪に隠れている宝珠を、爪を立ててほじくり出そうとし始めたもんだから、僕たちは全員で止めに入る羽目になってしまった。

このサラマンダーって、すごい真面目というか、義理堅いというか……とにかくちょっと対応する

のが大変な感じがして仕方がない……

ようやく、お詫びの気持ちだけで十分との気持ちを受け入れてくれたサラマンダーは、不満そうな表情をその顔に浮かべてはいたものの、

「まぁ、そこまで言っていただけるのであれば……」

そう言ってくれたんだけど、その額は若干出血していて、先ほど本気で宝珠を取り出そうとしていたのは誰の目にも明らかだった。

しかし……彼女がサラマンダー状態の時に語った話の中には、いくつか見逃せない点があった。

彼女の洞窟に出没したという騎士……この辺境に出没する騎士となると辺境駐屯地の騎士団しかまずありえない。ゴルン山の麓の集落の衛兵たちは、肩と胸当てぐらいしか鎧を身につけていないため、騎士と見間違うはずがないからだ。

もし、本当に辺境駐屯地の騎士団の者が犯人だった場合、次の問題が発生することになる。

まず、亜人種族居住区での狩猟行為禁止条例違反。

辺境地域には亜人種族が多く住んでおり、その亜人種族が魔獣の姿に変化していた場合、見分けることが困難だ。そのため亜人種族が住んでいる地域での狩猟行為は厳禁とされている。亜人種族を見慣れていない王都の騎士ともなれば、なおさら守って然るべき条例だ。

サラマンダーが住んでいた洞窟があった周辺には、僕たちに同行している亜人種族たちを始め、多くの亜人種族が住んでいたため、狩猟禁止区域内だったことが明確だ。

騎士たちは、洞窟の中で骨人間を狩っていたというけれど、アレアが以前『森の中でなにかしているみたいですです』と言っていたことから考えても、この騎士たちが森の中でも狩猟をしていたのは、まず間違いないと思われる。暇を持て余した騎士たちが遊びがてら狩りを楽しんでいて、その途中、洞窟を見つけた……そんなところだろう。


次に鉱物資源の無許可採掘および持ち出し禁止条例違反。

騎士団では、辺境地域での鉱物資源の採掘および持ち出し行為は禁止されている。

鉱物資源は、王都と、辺境都市を統括管理している中央辺境局の協定により、すべて産出地に一番近い辺境都市・辺境小都市・街・村・集落などの辺境地域の収益品とすると決められている。その代わりに、辺境地域は王都へ毎年納税しているのである。辺境地域で鉱物資源を採掘したり持ち出す行為は、納税義務を課されている資源を横取りする行為と同等と見なされており、王都に証拠が渡れば、該当駐屯地に所属している全騎士が解雇され投獄されてもおかしくないほどの重罪なのである。騎士たちは、洞窟の中にあった魔石などを持ち帰っていたと言うのだから、弁解の余地はないだろう。

最後に攻撃魔法の私的使用禁止条例違反。

魔法使役者が、サラマンダーの額にある宝珠を取り出すために使用したという爆破魔法は、攻撃魔法の中でも上級魔法とされている。

騎士団の魔法使役者は、上級魔法を私的に使用することを固く禁止されている。

理由は、言わずもがなだろう……


とりあえず、サラマンダーの話から判断しただけでも辺境駐屯地に所属している騎士団の者たちがこれらの条例違反行為をしていたのは間違いないだろう。

……だが、現状では、辺境駐屯地の騎士たちは自分達の罪を認めようとしないはずだ。

今のところ、このサラマンダーの話しか証拠はないわけだし、騎士団の中にいると思われる実行犯たちは必死に言い逃れするに違いない。場合によってはサラマンダーに罪をかぶせようとしてくるかもしれないし……まぁ、サラマンダーが暴れたのは事実なのでそれを持ち出されると、今度はこちらが不利になってしまう。サラマンダーが被害者だということを証明してあげたいと思うし、明らかに条例違反を行っていた辺境駐屯地の騎士団たちを許したくない気持ちもあるんだけど……


僕は、腕組みしながら考えこんだ。


その時だった。

「ご主人さま～、この人が向こうで倒れていたクマ～」

そう言いながら、コロックが一人の女騎士を引っ張りながら茂みから姿を現した……って、

「ちょっと待った……コロック、なんでお前がここにいるんだ⁉」

唖然としている僕の前で、小黒熊から人型に変化したばかりらしいコロックは、服を身につけながら女騎士引っ張り続けている。

そんなコロックを見つめながら僕やエルデナたちが目を丸くしていると、その後方からエーラまで姿を現した。

「……エヘへ……ご主人さまが心配で……小黒熊になって走ってきちゃったクマ」

「……私は、その……オーラ姉さんが心配で……コロックちゃんに乗せてもらって……」

二人は、申し訳なさそうに頭を下げていた。

そんなコロックを僕が、エーラをオーラが抱きしめた。

「無事だったからよかったけど……次からは絶対に約束を守るんだよ」

森の中を懸命に走ってきたのだろう……コロックは汗だくだった。体のあちこちにかすり傷が出来ているし、息もまだ荒い……そんなコロックを、僕は改めて抱きしめた。

「……ごめんなさいクマ……次は絶対に約束を守るクマ……でも、ご主人さまが無事でよかったクマ……クマ……」

そう言うと、コロックは大粒の涙をこぼしながらワンワン鳴き始めてしまった。

僕の隣では、コロックと同じように、エーラが涙を流しながらオーラに抱きしめられていた。

「オーラ姉さんになにかあったらと思ったら私、いても立ってもいられなくて……」

「エーラ……」

二人はそう言いながら抱き合っていた。


で、その光景を見つめていたサラマンダーは、

「なんて素晴らしい光景なんだ……感動だ」

そう言いながら、表情はあまり変化させないままで、コロック以上の大粒の涙をその両目からボロボロととこぼし続けていた。

「はいはい、ホントにもぉう、あんたってばぁ相変わらず感動屋さんなんだからぁ」

そんなサラマンダーを、フォルデンテが「やれやれ」といった表情を浮かべながら抱きしめてあげていた。


コロックが落ち着いたところで、僕たちは改めてコロックが連れてきた女騎士を取り囲んだ。

女騎士が身につけている鎧は間違いなく王都の騎士団の物だった。この女騎士が王都の騎士団員であれば、自らの所属が印字された銀盤を首から提げているはずだ。女騎士の首のあたりを確認してみると、ネックレスの感触があった。それを引っ張り出したところ、その先に銀盤がついており、そこには……

『王都騎士団：ゴルン山近隣辺境駐屯地所属：ルミアス・テンダー』

そうはっきりと記されていた。

一人で倒れていたところを見ると、サラマンダーが暴れ出した際に逃げ遅れたのだろう。見たところかなり若い感じだし、まだ騎士になりたてだろうと思われた。

「……この女騎士、この上ない証人になるわね」

銀板を見つめながらエルデナが頷いていた。

エルデナの言うとおりだ。

この女騎士を王都へ突き出し証言させることが出来れば、たとえ本当のことを言わなかったとしても今回の騒動に辺境駐屯地がなんらかの形で関与していた事実を知らしめることが出来るはずだ。

僕たちは、女騎士から銀板を取り上げ、後ろ手に拘束した。気絶はしているものの大きな怪我はしていなかったので、かすり傷などの治療を行っておいた。


ここで、ゴルン山の麓の集落の衛兵や村人たちが駆けつけてきた。サラマンダーの巨体が見えなくなったため、様子を見に来たらしい。

サラマンダーが、人型になってもう暴れることはないと告げると、集落のみんなは一様に安堵のため息を漏らしたんだけど……すると、みんなの矛先が今度は僕に向かってきた。

「サファテさん、今回は本当にお世話になりました」

「あんたがいなかったら、ゴルン山の麓の集落は壊滅してたかもしれねぇ」

衛兵長のグーグスをはじめ、みんなが代わる代わる僕に向かって頭を下げて握手を求めてきた。

本来であればオーラにも僕の横に立って皆に感謝されてほしいと思うんだけど、オーラが龍人なのは内緒なわけだし……

そんな事を思いながら横目でオーラを見てみると、僕に向かって笑顔で拍手をしてくれていた。そんなオーラに、僕は感謝の気持ちを込めながら頭をさげた。

「あとでさ、お礼の宴会をさせてもらいたいんだ。当然参加してくれるよな？」

グーグスがそう言いながら僕の肩を叩いた。

僕は最初、

「いえ、当然のことをしたまでですから、そんなことまでしていただかなくても……」

そう言って辞退しようとしたんだけど、

「宴会!?　おいしい物いっぱい食べられるクマ？」

コロックがよだれを垂らしながらグーグスの元へ駆け寄っていった。そういえばコロックは、クロの影響で――

『宴会＝おいしい物をいっぱい食べられる』

って、認識しちゃってるんだった……確かに、間違いじゃないけど……

グーグスはコロックの頭を撫でながら、

「あぁ、うまい物をいっぱい食わしてやるからさ、ご主人さまと一緒に参加してくれよな」

そう言いながら僕を指さした。

するとコロックは条件反射のように僕へ視線を向け。

「ご主人さま、参加クマ！　絶対クマ！」

満面の笑顔でそう繰り返し始めた。

こうして、あっさり陥落してしまったコロックの付き添いとして、僕はこの宴会に参加することになってしまった。

サラマンダーは、

「今回は、本当に申し訳ないことをした」

フォルデンテと一緒に集落のみんなに謝罪を行っていた。それまで、あれだけサラマンダーに対して軽口や憎まれ口を叩いていたフォルデンテだけど、その場では真摯に謝罪を行っていた。サラマンダーを許してもらうために必死に頭を下げているフォルデンテ……やはりあの二人は、付き合いが長いだけあって本当に仲が良いのだな、と、再認識させられる光景だった。

このあと、僕たちも謝罪に加わっていったんだけど、サラマンダーが、

「お詫びの印に鱗をくれてやろうか？　牙でもよいぞ？　なんならこの宝珠をだな……」

と言いながら、再び額の宝珠をほじくり出そうとし始めたもんだから、僕たちは再び総出で止めに入る羽目になってしまった。

捕らえた女騎士はいまだに気絶していたため、そのままグーグスに引き渡した。サラマンダーから聞いた話も説明し、女騎士から取り上げた銀盤もグーグスに手渡した。

「確かに、あそこの駐屯地の奴らってばさ、遊び感覚で狩りをやりまくってたんだ。むかついたんで、魔獣のフリをしてよく追いかけ回したもんだよ」

　グーグスはそう言うと、忌々しそうに舌打ちしながら女騎士を荷馬車に乗せた。

　集落のみんなとの話も一段落した僕は、

「では、住居を失った亜人種族の皆さんは僕たちの集落で受け入れさせてもらいますので」

　そう言うと、荷馬車を出発させた……んだけど、その前方にサラマンダーが立ちはだかった。

「どうかしましたか？」

「うむ……そのことなんだが……私も、住む場所を失ったわけでな……よかったら一緒に連れていってはもらえないだろうか？」

　そう言うや否や荷馬車に乗り込んできて、僕の隣へと座りこんでしまった。

　僕はなにか言おうとしたんだけど、そんな僕に視線を向けたサラマンダーは、

「ありがとう、よろしく頼む」

　そう一方的に言い放つと、嬉しそうに微笑んでいた。

　その笑顔を横から見ていた僕は、それ以上なにも言えなくなってしまった。

こうして、強引にというか、なし崩し的にというか……サラマンダーも僕たちの集落へやってくることになってしまった。

ちなみに、名前は「サラ」と呼んでほしいとのことだった。

「なぁにぃそれ？　サラマンダーだからサラぁ？　なんか適当じゃなぁい？」

そう言ったサラの横に出現したフォルデンテがクスクス笑いながらそう言った。

「これはお前が昔つけてくれた名前ではないか」

「……あ、あらぁ？　そ、そうだったかしらぁ？」

「なんだ、お前も結構うっかり者なのだな」

「ば、馬鹿ねぇ、ちょぉっとド忘れしちゃっただけじゃないのぉ」

サラの言葉に、思わず顔を赤くしながら声をあげていくフォルデンテ。そんな二人のやりとりを聞いていた僕は、苦笑することしか出来なかった。

僕の膝の上では、コロックが丸くなって寝息を立てていた。僕の事を心配して、この夜道を駆けてきてくれたコロック……僕は、そんなコロックを右手で撫でながら、左手で手綱を握っていた。

僕たちを乗せた馬車は、夜道をゆっくりと進んで行った。

ゴルン山の麓の集落を出発して二日。僕たちは木の家のある集落跡地へと戻って来た。なにかの役に立つかもしれないと思って廃屋を改修し続けていたけど、まさかこんなに早く役に立つ日が来るとは夢にも思っていなかった。荷馬車から降り立った亜人種族の皆さんは、

「こんなところにこんな集落があったなんて……」

「全然知らなかったわ……」

集落を見回しながらそんなことを口にしていた。

「元々無人だったところを、僕たちで住めるように改修してあります。とりあえず問題なく住めるとは思いますが、なにか問題や不都合などがありましたら遠慮なく申し出てください」

僕はみんなへそう伝えたんだけど、亜人種族の皆さんはなぜか一ヶ所に集まってボソボソと話し合いを始めてしまった。

（みんななにを話し合っているんだろう？）

思わず首をひねってしまった僕だったんだけど、皆さん、ここに来たばかりだし、なにか亜人種族の皆さんだけで相談したいことでもあったのかな、と、思うことにした僕は、とりあえず皆さんの話し合いが終わるのを待つことにした。

しばらくすると、最年長らしいドワーフの父親が僕の元へ歩み寄って来た。

「なぁ、人種族のお前さん、あんたがここの責任者じゃな？　助けてもらったのはありがたいのじゃが……ぶっちゃけ、ワシ等はあんたに保護してもらう見返りとしていくら支払えばいいのじゃ？　なんせ、皆家を追い出されてほぼ無一文じゃやで、猶予してもらえると助かるんじゃが……」

僕は、その言葉に首をかしげるしかなかった。

「見返りですか？　そのようなものをいただくつもりはありませんけど？」

僕がそう言うと、ドワーフの父親は目を丸くしながら僕を凝視してきた。

「……すまん……ワシの耳がどうかしてるのかもしれんので、もう一回聞くのじゃが……今あんたは、『見返りは考えてない』……本当にそう言ったのか？」

「えぇ、そうですよ」

即座にそう答えた僕に、ドワーフの父親は先ほど以上に目を丸くした。逆に僕は、ドワーフの父親がなぜそんな顔をしているのか理解出来なくて困惑してしまう。そんな僕とドワーフの父親のやりとりを後ろで見ていたエルデナが僕の耳元に口を寄せて来た。


エルデナの話によると……

辺境地域では、人種族の辺境駐屯地騎士団に救助されたり、害獣討伐を依頼した場合、ほぼ必ず金銭的な見返りを求められるのだという。そういった行為は本来禁止されているはずなんだけど、辺境地域ではそれが平然と破られており、王都も辺境駐屯地勤務者の不満のはけ口として黙認しているのだという。そのため、今、僕の前に集まっているドワーフの父親をはじめとした辺境地域に住む亜人種族の皆さんは、人種族である僕が当然金銭を要求すると思っていたのだろう。今回の騒動のせいで私財をほとんど失っている亜人種族の皆さんは、そのお金をどうやって工面したものか、と悩んでいたようなのである。

僕に説明し終えたエルデナは、今度は亜人種族の皆さんの方へ向き直った。

「……この人は、そういったことを一切行わない人種族です。一緒にここまで戻って来たオーラやエーラ、それにコロックも彼に保護してもらい、ここで一緒に生活していますが、彼はこの者たちに一切の見返りを求めていません。ですので安心して保護をお受けになってください」

エルデナは亜人種族のみんなを見回しながら笑顔で語りかけた。

その言葉に、ウーニャも、

「エルデナ様のおっしゃったとおりですニャ。なにか困ったことがありましたらいつでも見返りなしでお手伝いいたしますニャで、お気軽にお声をかけてほしいですニャ」

そう言うとスカートの裾を持ち上げて優雅に一礼した。

亜人種族の皆さんは、その言葉を聞くと再び顔を付き合わせてざわつきはじめた。

ただ、亜人種族であるエルデナとウーニャが保証してくれたおかげで警戒心が若干だけど和らいだ感じがしていたので、ここでもう一押し出来れば……そんなことを考えていると、僕の横にフォルデンテが転移してきてその姿を現した。

フォルデンテは亜人種族の皆さんを見回すと、

「門の守護者であるこのフォルデンテもぉ、この者たちの言葉を保障するわぁ、安心していいわよぉ♪」

そう言い、いつものようにクスクス笑いはじめた。

フォルデンテの出現は亜人種族の皆さんにとって十分過ぎるもう一押しだったらしい。

皆さんは、気絶していたサラマンダーのところで一度フォルデンテと会っているんだけど、あの時はフォルデンテが名乗っていなかったのでその正体に気付いていなかったようだ。

「あぁ、フォルデンテ様！　フォルデンテ様が保証してくださるのなら安心だ！」

亜人種族の皆さんは安堵した様子でフォルデンテに向かって頭を下げていた。

皆さんフォルデンテのことを慕っておられる様子だったんだけど、後で聞いてみたところ、門の守護者であるフォルデンテは、生前からこの周辺に住んでいる亜人種族たちを手厚く保護していたそうで、肉体を失って思念体となってからも、時折姿を見せては亜人種族の皆さんに助言をしたりしていたそうだ。

その結果、この周辺に住んでいる亜人種族たちの間では、フォルデンテは神として崇められているって話だったんだけど……僕的には、いつも男湯に現れては、酒を飲みながら僕を坊やと呼んでからかって喜んでいる姿しかすぐに思い出せないため、かなりの違和感を覚えてしまった。

そんなこんなで、亜人種族の皆さんはようやく居住可能な建物へ各々入っていってくれた。

誰がどこに入居するかなどの話し合いは、皆さんで直接話し合った上で決めてもらったので、揉めることもなかった。

その後、クロが来訪する度に置いていってくれていた生活物資の中から毛布や着替えなど、すぐに必要そうな物を皆さんに配布していった。他にも必要な物があるようなら改めて申し出てもらうよう申し添えている。備蓄品で対応出来るようならすぐにお渡しし、無理なら後日ゴルン山の麓の集落へ行って買ってこようと思っている。

皆さんはあまりお金も持たれていないので、しばらくは僕たちが立て替えるしかなさそうだけど、先日クロが高値で売却してきてくれた薬の売り上げ代金があるので当分は大丈夫そうだ。

あの時はいろいろ考えこんでしまったけど、クロが高値で売ってきてくれたおかげで、こうして亜人種族の方々の役に立つことが出来るわけで……ホントに、なにが幸いするかわからないものだな、と別な意味で少し考えこんでしまった。

食事に関しては当面の間は宿屋の食堂スペースにみんなで集まって食べることにした。食材を配給してもよかったんだけど、まずはみんなの交流も兼ねてということで。

食事の準備はウーニャを主担当として、亜人種族の皆さんにも手伝えそうな方がいたら手伝ってほしいと伝えたところ、ドワーフの母親と鷹人の娘さん、女性の狐人さん、水牛人の奥さんが名乗り出てくれた。

それを見たエルデナが、

「……わ、私もそのうち……ち、近いうちに必ずお手伝いいたします……」

そう言いながら、手をちょっとだけあげていたんだけど、彼女の料理の指導をしているウーニャからは、

「エルデナ様は、お薬の生成や魔石の生成はあんなにお上手ですのに、なんでお料理だけはあんなニャのでしょうかねぇ……」

そう言いながら苦笑していたことから考えると……いや、考えない方がいいのかな、この場合……

ドワーフ一家の娘さん二人と鷹人の娘さんたちは、コロックとエーラの二人と早速仲良くなっていた。小黒熊形態に変化したコロックの背に乗って、集落の中を駆け回っていたんだけど、その楽しそうな声が集落に響き渡っていたもんだから、みんな思わず笑顔になっていた。そんな子供たちの声が響き渡る中、集落に入居した亜人種族の皆さんは新しい生活の準備を進めていて、僕たちはそのお手伝いをした。


その夜、酒場の食堂で、この集落で初めての食事を終えた亜人種族の皆さんを、温泉に案内した。

「いや……飯もうまかったが、まさか温泉にまで入れるとはのぉ♪」

ドワーフの父親は、嬉しそうにガハハと笑っていた。その笑い方がどこかクロに似ていて、僕は思

わず笑顔を浮かべていた。

他の皆さんも、笑顔で温泉に浸かっている。最近、フォルデンテの影響ですっかり混浴化していたこの温泉だけど、改めて男女の区分けをしっかりさせてもらった。

フォルデンテは、

「え～、坊やをからかいながら入るのが楽しいのにぃ♪」

と不満そうだったんだけど、亜人種族の皆さんも増えた訳だし、今回はしっかりと守ってもらうことで納得してもらった。

温泉のお湯が常時流れ込んでいることもあり、毎朝六時頃から一時間程度を掃除の時間として、それ以外の時間はいつ利用してもいいことにした。

掃除に関しては、僕たちと亜人種族の皆さん当番制で行うことで、了承してもらった。

最初、亜人種族の皆さんは、

『こんなところに温泉があるのか⁉』

とまず、びっくりし、

『亜人種族のワシらも好きに使っていいというのか⁉』

と、続けてまたびっくりしていた。

やはり、この集落の長的な立場の僕が人種族だからか、亜人種族の皆さんは無意識のうちにそういうことまで気にしてしまうのだろう。こういう事に接する度に、この世界における人種族と亜人種族の間に横たわっている差別意識について改めて考えさせられてしまう。今の僕にこれを一気に覆せるだけのなにかがあるわけではないし、今は、出来ることからコツコツやっていこうと思っている。

今日は、僕も亜人種族の皆さんと一緒に湯船に浸かっていた。最初、亜人種族の皆さんは少し遠慮した様子だったんだけど、

「うちのコロックが、皆さんのお子さんに仲良くしていただけて助かりました。コロックも友達が増えたと言って喜んでいました」

と、昼間楽しそうに遊んでいた子供たちのことを話題にすると、

「いやいや、それはこちらも同じじゃわい」

「えぇ、うちの娘も一人っ子だったもんですから……」

と、ドワーフの父親と鷹人の父親が笑顔で近寄ってきてくれた。これをきっかけに、僕と亜人種族の男性陣の皆さんとの距離が一気に近くなった感じがした。


その後、温泉に入りながら雑談を続けていると、

「なぁ、鷹の父に、水牛の若旦那よ」

ドワーフの父親が、一緒に温泉に入っている、二人へと声をかけた。

「このサファテ殿は、ワシらが知っておる人種族とは違うようじゃな」

そう言い、頷いた。これに鷹人の父親は、

「私は、以前娘が人種族にひどい目に遭わされそうになったため、今すぐにすべて信じることは出来

ません……ですが、今のところは、ドワーフ殿のお言葉には賛同いたします」

そう言うと僕に向かって笑顔を向けてくれた。その言葉に、水牛人の旦那さんも、

「俺は、妻の命を救ってもらえたし、全面的に信じてるモ」

そう言って僕の肩を叩いてくれた。

すると、その言葉を聞いた鷹人の父親が首をひねった。

「……それを言われると……娘を救ってもらった私としてはちょっと困ってしまうんだが……とはいえ、あくまでも信用しないと言っているわけではないし、感謝もしているんだ、そこは察してほしい」

そう言うと、鷹人の父親は改めて僕に頭を下げてくれた。そんな二人の様子を確認したドワーフの父親は、

「うむ。ワシら皆、サファテ殿に感謝しておるということじゃ。というわけでじゃな、サファテ殿、今後ワシらはお前さんの元で働かせてもらおうと思っておる。なんでもするから、なんでも言ってくれ」

そう言うと、ガハハと笑いながら僕の肩を何度も叩いてきた。

「……ですね。彼のために尽力を惜しまないことを誓いましょう」

「俺もですモ」

ドワーフの父親の言葉に鷹人の父親と水牛人の旦那さんも頷いていた。僕は、

「こちらこそ、よろしくお願いします」

そう言いながら、皆さんと握手を交わしていった。

「はいは〜い、お話がまとまったようなのでぇ」

そんな僕たちの背後から、不意に女性の声が……って、え？　フォルデンテ？

一応服は着ているものの、男風呂への入場は自粛する約束だったはずじゃ……

「まぁまぁ、細かいことは言わないのぉ、坊やってば、結構いい物を持ってるんだからもっと堂々としてなさぁい♪」

「ちょ!?　ふぉ、フォルデンテ、いったいなにを言ってるんだよ!?」

「ほう……なるほど、言われて見れば確かに……」

「うむ、なかなか立派ですな」

「まぁ、俺にはかなわないモ」

「ちょ!?　み、皆さんもどこを見てるんですか!?」

慌てて股間に手をあてがった僕を、亜人種族の皆さんが笑いながら見つめていた。

そんな僕たちをクスクス笑いながら見つめていたフォルデンテがパチンと指を鳴らすと、僕の体の前に酒樽とコップが出現した。

「堅い話はここまでにしてぇ、さ、みんなで一杯やりましょうよぉ♪　私からのおごりよぉ♪」

そう言っているフォルデンテの手には、すでにグラスが握られていた。

フォルデンテは自分のおごりといっているけど……どう見てもこの酒はクロが持ってきてくれたお酒なんだけど……

思わず苦笑した僕の横で、ドワーフの父親が、

「おぉ、サファテ殿に尽くすと、守護者殿からの酒の恩恵を賜れるのか！　こりゃやりがいがあるわい！　守護者殿に乾杯！　サファテ殿に乾杯じゃ！」

そう言いながら酒の入ったグラスを掲げた。

他の二人もそれに続いていく。すると女湯の方から、

「飲み過ぎたらあかんよ！」

と、ドワーフの母親の声が聞こえてきた。その声を聞いたドワーフの父親は、

「わ、わかっとるわい！」

そう言いながら酒をあおっていった。

その様子をクスクス笑いながら見つめていたフォルデンテは、

「じゃあ、アタシはぁ女湯にお酒を届けてくるわねぇ♪」

そう言うなり、その姿が消えてしまった。程なくして、女湯から歓声があがった。それを聞いたドワーフの父親は、

「おっかあ、飲み過ぎるんじゃないぞ！」

女湯に向かってそう声をかけた。すると女湯から、

「これぐらいで酔っ払うはずがないでしょ、おっとうと一緒にするんじゃないよ！」

威勢の良いドワーフの母親の声が響いてきた。その言葉を聞いたドワーフの父親は、

「む、むぅ」

渋い顔をしながら酒を口にした。そのやりとりに、男湯女湯両方から笑い声があがった。

数日後。

僕たちの集落に、ゴルン山の麓の集落のみんながやってきた。

やってきたのは、いつもお世話になっている商店街組合のアレアとその部下の蟻人数名、それと衛兵長のグーグスとその部下の亜人種族達だった。みんなはゴルン山の麓の集落の代表としてやってきたと言い、今回のサラマンダーから集落を守ってくれたことに対する感謝状を僕に手渡し、お礼の宴会を開催するにあたっての僕たちの都合を聞いてきた。それだけの用件であれば、みんながわざわざ来てくれなくても、僕たちが出向いた時でもよかったのに……そう思っていると、アレアが緊張した面持ちで僕の前に立った。その後方に彼女の部下たちも並んでいるんだけどみんなアレア同様緊張した面持ちをしている。

「それで……ですですね……我々、ゴルン山の麓の集落は、サファテ様に、今回のお礼としていかほどの金品をお納めさせていただけばよろしいですですか？」

そう言うと、アレアは少しこわばった笑顔を浮かべながら僕の顔を見つめてきた。いつの間にか、グーグスたちもアレアたちの後方に並んでいた。

……おそらくだけど……アレアたちは集落のみんなの前で金の話になることを避けるために、こうしてわざわざ尋ねて来てくれたんだろう。

集落のみんなの前だと、僕が気兼ねしてしまうんじゃないかと気を利かせてくれたのかもしれない。

とはいえ……この話題に対する僕の答えは最初から決まっている。

「こちらで保護させていただいている亜人種族の皆さんにはすでにお伝えしてありますが、今回の件で僕が皆さんに見返りを求めることはありません。僕は当然のことをしただけと思っていますので」

僕はそう言うとアレアたちに笑顔を向けた。

「ふぁ!?」

僕の言葉にまずアレアが目を丸くして固まった。頭の触覚までピーンと伸びている。次に、彼女の部下たちが固まっていき。続いてグーグスたちが固まっていった。ゴルン山の麓の集落のみんなは、しばらくその場で固まった後、

「ち、ちょっと失礼しますます」

そう言ったアレアを中心にして、僕たちから少し離れた場所に集まって丸くなった。

……え？　今、お金はいらないって言われたですですか？

……あのガメツイ人種族がそんなこと言うなんてありえるのか？

……聞き間違い、ではない……よな？

ひそひそ話し合いながら時折僕へ視線を向けてくる集落の皆の様子を見つめながら、僕は苦笑しながら再度同じ言葉を伝えた。

「ですから、見返りはなにもいりません。渡すと言われてもお断りさせていただきます。ただ、宴会のお話だけはお受けさせていただきます。約束ですし、コロックも楽しみにしていますので」

僕はそう言うと、再び微笑んだ。その言葉に、丸くなって相談をしていた集落のみんなは、再び目を丸くしながら固まってしまった。

「そ……そのような言葉を言ってくださる人種族の方がおられるなんてびっくりですすです……」

アレアは、びっくりしたのと、感動したのと、嬉しいのと、どうしていいのかわからないのと……とにかく様々な感情が入り交じっている複雑な表情をその顔に浮かべながらも、僕の手を取ると何度も何度も頭を下げながらお礼を言ってくれた。すぐに他のみんなも僕を取り囲みながらお礼を言ってくれたんだけど、感極まったグーグスが、

「いや、初めて会った時から見どころのあるヤツだとは思ってたけど、お前ホントにすごいヤツだな！」

そう言いながら僕の背中を力一杯叩いてきたもんだから、僕は思わず悲鳴をあげそうになってしまった。

その後、再び宴会の話になったんだけど、

「僕的にはいつでも構わないのですが……」

僕がそう言うと、

「ではこれから参りますです！」

アレアが笑顔でそう言った。

確かに、今日しなければいけないこともあらかた済んでいるし……そう考えた僕は、とりあえず集落のみんなにそのことを伝えてみた。すると、集落のみんなも大丈夫とのことだったので、僕たちは早速ゴルン山の麓の集落へ向かう準備を始めた。


すっかり僕の部屋が定位置になっているコロックは、

「おいしいご飯～いっぱいご飯クマ～」

嬉しそうに鼻歌を歌いながら服を着ていた。その横で僕も服を身につけていく。

一応主賓としていくことになるわけだし……そう考えた僕は王都でも会合の際などに着ていた一張羅を身につけた。


外に出てみると、いつものメイド服のウーニャの横にドレス姿のエルデナが立っていた。

そのドレスがあまりにも似合っていたため、僕は思わず見とれてしまった。

そんな僕に気づいたエルデナが、

「……サファテどうしたの？」

そう言いながら僕に向かって微笑んだ。

「いや……綺麗だなと思って……」

「……え？」

つい本音を漏らしてしまった僕。

それを聞いたエルデナが、顔を真っ赤にしながら口元を押さえている。そんなエルデナを前にして、僕も思わず赤くなってしまった。

そんなエルデナの後方でウーニャが、

『ぼっちゃまー！　たたみかけて!!』

とばかりにエルデナのことを必死に指さしているんだけど……ウーニャ、ぼ、僕がそんなこと出来るわけないいじゃないか……


僕とエルデナがそんな状態になっている間に、亜人種族の皆さんも家の前の広場に集まっていた。

僕たちは、先日集落のみんなが貸してくれた荷馬車に分乗していった。

アレアとグーグスが乗った荷馬車を先頭にして、僕たちはゴルン山の麓の集落に向かって出発した。

馬車の中では、ドワーフの父親や鷹人の娘さん、水牛人の旦那さんたちにこのあたりの事を詳しく教えてもらった。土質のことや湿地のこと、水源や川の流れなど、皆さんこのあたりに長く住んでおられただけあって本当に詳しかった。僕は、それらの情報を、以前ウーニャが作成してくれた地図に書き込んでいった。この地に来て日が浅い僕にとって、こういった情報は本当に有益だ。きっと後日なにかの役に立つと思う。

集落の馬車は、僕が所有している馬車よりもかなり高速で移動することが出来た。

僕たちの集落の馬車だと、ゴルン山の麓の集落まで一日半はかかってしまうのに、この日の夕方には到着してしまった。

集落では、僕たちがいつやってきてもいいように準備が行われていたらしく、あっという間に宴会の準備が整っていった。

村の広場に通された僕は、改めて集落の皆さん全員が見守っている中で感謝の意を伝えられた。感謝の言葉を述べていたのはアレアだった。なんでも前の長が亡くなった後、誰も長になりたがらなかったため、村のことを一番よく知っているからとの理由で彼女が長代行に選ばれたそうだ。

アレアは、感謝の言葉を述べ終えると、集まっている集落の人々に向かって、

「サファテ様は、謝礼などは一切いらないと言ってくださったですです。本当にありがたいですです」

そう伝えた。

その言葉を前にして、集落の人々は、

「嘘だろ……」

「ホントに……？」

「そんな人種族がいるのか？」

といった具合でざわついていたんだけど、アレアと一緒に僕たちの元へやってきていたグーグスた

「アレアの言葉に間違《ちが》いはない！　俺たちも保証するぞ」

そう、集まって来る人々へ声をかけていった。

その言葉で、ようやく納得してくれたらしく、人々の間から拍手が起き始めた。

拍手はだんだん大きくなっていき、程なくして広場中に響き渡るほど大きくなっていった。

同時に、

「ありがとうサファテさん！」

「今回は本当にありがとう」

そんな声があちこちからあがり始めた。僕は、集まっている人々に向かって何度も頭をさげた。

広場の拍手は、しばらくの間、鳴りやまなかった。


その後、広場近くにある集会所を利用して宴会が始まった。

上座に案内された僕は、集落の長代行のアレアと並んで座ることになった。

僕の前には、会が始まると同時に、すごい数の集落住民が殺到してきた。

「サファテさん、一杯注がせてくれ！」

「おいこら！こっちが先に並んでおったんじゃぞ！」

「あ～ん、私のお酒も飲んでくださいな」

僕の前ではそんな声があちこちからあがっている。あまりにも人が一度に集まり過ぎたため、グーグスが駆け寄ってきて、

「おらおら、俺が整理してやるから全員俺の指示に従いやがれ！」

そう言いながら、僕の前に殺到していた人たちを一列に並び直していってくれた。

おかげで僕の前は整然となったんだけど……この長蛇の列を形成なさっている皆さん全員からお酒を注いでもらわないといけないのか……そのことに思い当たった僕は苦笑を浮かべながらも、観念してグラスを差し出していった。

集会所の中央では、

「さぁ、皆さま、楽しく参りますニャ！」

そう言いながら飛び出していったウーニャが踊りはじめていた。笑顔で、楽しそうにステップを踏んでいくウーニャ。その姿に、集落の子供たちも楽しそうに手を叩いている。

いつの間にか、ウーニャの周囲では集落の人々が一緒になって踊りはじめていた。

いつもであればコロックがすぐに飛び込んでいきそうな場面なんだけど、今のコロックは僕の近くの席に座って一心不乱に料理を食べている最中のため、踊りどころではないようだ。

しばらくすると、ウーニャの近くにエルデナが歩み寄っていき、持参した小型のハープを弾きはじ

めた。いつものエルデナは、星空を眺めながらゆったりとした調べを奏でることが多いんだけど、今日のエルデナはウーニャの踊りに合わせて陽気で軽快な調べを奏でつつ、軽くステップも踏んでいる。その姿は本当に美しく、集落の人々の多くがその姿に見入っていた……もちろん僕もその一人だ。

オーラとエーラはコロックの横に並んで座っていて、料理をおいしそうに食べている。本来であればオーラはサラを気絶させるために貢献してくれた功労者なんだから主賓席に僕と並んで座っているべきなんだけど、今の彼女は龍人であることを隠し、蜥蜴人として過ごしているため、あの席となっている。平和な生活を望んでいる彼女たちだけに、これが一番いい形なんだと思っている。

今回はやむを得ずオーラを危険な目に遭わせてしまったけど……あのようなことは本当に今回限りにしてあげないと……僕は、そう強く思った。

……そんな事を考えている間にも、僕は何杯もお酒を注がれては、それを飲み干し続けていた……お酒は嫌いではないけど、さすがにそろそろきつくなり始めている……

正体を隠したまま宴会に溶け込んでいるオーラとエーラ、そんな二人とは対照的に、サラマンダーのサラは、自ら正体を明かした上で、今回の一件を何度も何度も詫び続けていた。もしサラが、オーラやエーラのような人型の少女であり、幼龍だったなら、龍討伐者の称号欲しさによからぬ思いを抱く者がいるかもしれないけど、サラは人型でも背が高く筋肉質な体形をしているし、地の龍サラマンダーとしても巨大で強大であることをみんな身をもって知っているだけに、そのような考えを起こす者はまずいないだろう。たとえいたとしても、サラのことだからあっさり撃退してしまうはずだ。

とはいえ、今のサラはそんな強さをひけらかすこともなく、誠実に謝罪し続けている。そんなサラの謝罪を集落の人たちは笑顔で受け入れてくれていた。

事前にグーグスに聞いていたんだけど……集落の人々にはすでに今回の一件の原因が辺境駐屯地の騎士団であることが伝えられているそうだ。

そのため、サラのことを責めようとする集落の人々は一人もいなかった。それでも謝罪を続けていたサラは、

「やはりこの程度では私の気がすまない、この宝珠をお詫びの品として……」

そう言いながらまたしても額に爪を立てようとしたもんだから、踊っていたウーニャや、ハープを奏でていたエルデナ、そして主賓席で酒を注がれていた僕まで慌てて駆け寄っていく羽目になってしまった。


どうにかサラを落ち着かせて席に戻らせた僕も、安堵のため息を漏らしながら自分の席へと戻っていったんだけど……そんな僕を、お酌の順番待ちをしている集落の皆さんが笑顔で出迎えてくれた。

その笑顔に対し苦笑を浮かべながら席に座り直した僕の近くではコロックが相変わらずすごい量の食べ物を食べ続けていた。

コロックの前のお皿の上には、最初に配膳されていた料理の倍どころではない量の料理がのっかっ

ているんだけど、これ、コロックがあまりにも美味しそうに食べ続けているもんだから、集落の皆さんが、

「嬢ちゃん、これもうまいぞ」

「ほれ、これも食べてみろ」

そう言いながらコロックに料理を分けてくださり続けているからなんだ。どうりでコロックの前の料理がいつまで経っても減らないわけだ。そんなことを考えている僕の視線の先で、コロックは嬉しそうに料理を食べ続けている。

……ただ、このあまりにもすごい食いっぷりを見ていると、僕たちが普段コロックにちゃんとご飯を食べさせていないんじゃないかと思われてしまうんじゃ……そんなことに思い当たってしまい、僕は思わず顔をしかめてしまった。


その後も僕は、相変わらず集落の皆さんに酒を注がれ続けていたんだけど、

「しかし、サファテ様が、龍騎乗者《ドラゴンライダー》だったとは」

その中の一人がそんなことを口にした。


龍騎乗者といえば……

龍と心を通わせて龍に騎乗し、龍の能力を最大限に引き出しそれをもって戦う兵士のことである。

勇者が出現する以前は、この龍騎乗者が史上最強の兵士と言われていて、パルマ王国もかつては

強大な龍騎乗者部隊を有していたと言われている。

……ただ、龍族のほとんどは、勇者が魔界との門を破壊し始めると、魔力が充満していて住みやすい魔界へ移住したと言われている。そのためこの世界に存在する龍がほとんどいなくなってしまい、龍騎乗者も自然消滅したと語り継がれている。歴史書に、最後の龍騎乗者として記録されているのは勇者とともに魔王と戦ったとされる亡国の姫騎士・ヴァランティィーヌとされている。


……とまぁ、龍騎乗者というのは非常に長い歴史があり、かつ最強と称される兵に与えられる称号なわけなんだけど……僕の場合、ワイバーン形態のオーラにただ乗せてもらっていただけで、彼女の力をなに一つ引き出すことも出来ていなかったわけだし、おこがましくて龍騎乗者なんて名乗れるわけがない……


「あの龍が優秀だったおかげです、僕はなにもしていませんよ」

僕はそう言って笑った。

すると、コロックの横に座っていたオーラが『そんなことはない』とばかりに激しく首を左右に振っていた。僕は、そんなオーラに対し『いやいや君のおかげだよ』とばかりに首を左右に振り返した。するとオーラが再び首を左右に振りさらに僕が首を左右に振り返していき……

互いに首を振り合い始めた僕とオーラを、周囲のみんなは不思議そうな顔をして眺めていた。

どうにか集落の皆さんからのお酌をすべて受けきった。もっとも、途中からは、グラスには口をつけるだけ、お酒も注ぐフリだけで勘弁してもらったんだけどね。

椅子に座ったまま安堵のため息を漏らしていると、そんな僕にアレアが笑顔を向けてきた。

「サファテ様が住まれていますす集落にも住人の皆さまが増えたことですですし、集落に名前をつけたらいかがですです？」

そんな事を提案してきた。すると、近くにいた集落の皆さんも、

「おぉ、集落に名前か」

「ほう、それはいいですね」

そう口々に声をあげていった。

まだ小さいとはいえみんなで集まって暮らしているわけだし、今後のためにも名前があった方が便利なのは間違いない。

近くに座っていた集落のみんなや、踊っていたウーニャ、演奏していたエルデナにも集まってもらってそのことを相談してみたところ、

「……いいと思うわ」

「ウーニャも賛成いたしますニャ」

そう言ってくれたエルデナとウーニャに続いて集落のみんな全員が賛同してくれた。

その後、みんなで話し合った結果、集落の名前はリバティ村とすることにした。

リバティとは、自由や解放を意味する言葉として使用されている。

僕達が住んでいる集落跡地は、村ではなく、集落程度の住人しか住んでいないんだけど、人種族が長を務める場合「村」が最小規模の呼称とされているため、こうするしかなかったんだ。

ちなみに、この世界の辺境に存在している都市の呼称は。おおまかに分別すると以下のようになっている。

辺境都市
辺境小都市
街
村
集落

その呼称は、主に都市の規模や人口、収益などによって王都にある中央辺境局が任命することになっている。ただし、村と集落に関しては届け出は義務ではなく推奨となっている。これは、村以下の規模の都市は、今回の僕たちのケースのようにいきなり出来上がったり、その逆にいきなりなくなってしまうことが多いため、その全てを王都へ届け出させていたら、許認可を担当している中央辺境局の部署がパンクしてしまいかねないために取られている措置らしい。

僕たちのリバティ村とは逆に、ゴルン山の麓の集落は、規模的には村でもおかしくないんだけど、正式な長がいないため最小規模の「集落」呼称なんだそうだ。

リバティ村の長には僕が就任し、対外的にはゴセージを名乗ることにした。こうしておけば、サファテとゴセージを結びつけて考える人もいないだろうし、元父の息のかかった者たちによる追跡の目をごまかすことも出来るはずだ。

こうして、宴会の最中に新しい僕たちの村が誕生した。

宴会は夜通し行われていったんだけど、夜明け前には僕も含めて会場内にいたほぼ全員が酔いつぶれていた。

ふと目を覚ますと、僕の膝の上でコロックが丸くなって眠っていた。

「むにゃ……ご主人さま……」

時折寝言を言いながら気持ちよさそうに寝息を立て続けている。

僕はそんなコロックを撫でながら再び目を閉じ……

「なんニャ、だらしないニャ」

そんな僕の腕をウーニャがいきなり掴んだ。

「ほらほら、宴はまだまだ続いてますニャ、このウーニャと一緒に踊りましょうニャ」

そう言うと、ウーニャは僕の腕を僕を引っ張り始めた。コロックを椅子の上に移動させた僕は、その後夜が明けるまでウーニャの踊りに付き合わされてしまった。

眠っていたエルデナも目を覚ましたらしく、いつの間にか僕たちの踊りに合わせてハープを奏で始めていた。

朝日が窓から差し込み始め、会場内を照らし始めた。

その光の中、僕とウーニャは踊り続けていた。会場内には、エルデナの奏でる音色が心地よく流れていた。

三・五章　ちょっと王都まで行ってきたのよぉ

視点：フォルデンテ

ゴルン山の麓の集落での宴会が終わった翌日。

妾は王都の中央役場の中にある中央庁辺境局の局長室の中にいたの。もっともぉ、姿を消しているから誰にも気づかれてないわぁ。

「……また不祥事ですか」

卓上に山のようになっている書類の山を確認しているのは、ここ中央庁辺境局の局長のファンネリアねぇ。エルフ特有の大きな耳を揺らしながら、大きなため息をついているわぁ。

ちなみにねぇ、この中央辺境局はぁ、王都から離れた場所にある辺境地域を統括する部署なのよぉ。東西南北をそれぞれ担当している部署があってねぇ、ここにいるファンネリアは、その四部署の総括的立場なのよねぇ。

辺境四部署の管轄下にあるすべての都市・小都市・街などの許認可事務に加えて合計五千を越える騎士団員が駐屯している辺境駐屯地の維持管理業務も行っているわけなんだけどさ……辺境駐屯地勤務は人気がないせいでろくな人材がいないのよねぇ。そのせいでぇ、毎日のようにぃこれらの駐屯地はぁ大なり小なりな問題を起こしまくっているのよねぇ。

そのせいでぇ、このファンネリアの元にはその報告書と始末書・処分伺などが毎日山のように回ってくるわけ。彼女はその決済と事後処理の指示を行わないといけないのよねぇ。

ファンネリアはねぇ、すっごい光属性魔法の使い手でねぇ、それを見込まれてぇ辺境出身の亜人種族でありながらぁ、ここ王都のぉ中央辺境局の局長ポストに抜擢されたんだけどねぇ……まぁ、見てのとおりこのポストってさぁ、絶対に就きたくないポストナンバーワンにあげられている役職なのよねぇ。

このファンネリアってばぁ、そんなポストに自ら望んで就いたって言うんだから、ホント物好きというかぁ、マゾというかぁ、ホント呆れるしかないわよねぇ。

さすがに最近はぁ、あまりの不祥事の多さで感覚がマヒしちゃったのか書類の山を前にしてもぉ、どこか淡々としている感じなのよねぇ。

ちなみにぃ、このファンネリアと妾はね、かつて一緒に門を守っていたことがあるのよぉ♪

妾がぁ長命種じゃなかったせいでぇ、しばらく音信不通な時期があったりしたんだけどねぇ、今ではこうして様子を見に来たりしてあげているのよねぇ。

最近はぁ、面白い坊やの相手の方が忙しいから、ちょぉっとご無沙汰だったんだけどねぇ。

ファンネリアはぁ、書類の山すべてにね、律儀に目を通してはぁ、その処理を終えていったわぁ。代決制度もあるんだからぁ、もっとぉ副局長に任せてもいいのにねぇ……まぁ、クソがつくほど真面目なファンネリアらしいんだけどねぇ。

……さてさて、ファンネリアもぉようやく一段落ついたようだしぃ……ここで妾は自らの姿を具現化させたのよぉ。

「相変わらず真面目に頑張ってるのねぇ、ファンネリア♪」

妾はクスクス笑いながらファンネリアへ視線を向けたのぉ。ファンネリアはそんな妾を見ても顔色一つ変えなかったわねぇ。

「……久しいですね、フォルデンテ……一ヶ月と十八日ぶりでしたか?」

「そんなに細かい日数まで覚えてる律義な人ってぇ、あなたくらいしかいないんじゃないかしらぁ♪」

妾はクスクスと笑い続けながらファンネリアへ歩み寄っていったわぁ。そんな妾を、ファンネリアはじっと見つめているの。

「……さて、思念体のあなたがあの門の遺跡からこの局長室まで遠路はるばる訪ねて来た用件は何ですか？　いつものように私をからかいにきたのかしら？　それともこれに関してなにかお話がおありなのですか？　あなたが住んでいる近くでしょう、ゴルン山って」

ファンネリアはそう言うとぉ、さっき処理を終わらせたばかりの書類の山の中から書類の束を抜き出して、妾に差し出したわぁ。それを受け取った妾はぁ、その表紙へ視線を向けたの。そこにはねぇ……

『ゴルン山近隣辺境駐屯地案件・サラマンダー暴走案件に関する調査結果ならびに処罰案』

そう書かれていたわぁ。

「あらぁ？　昨日の今日のことなのにぃ、こういう報告の伝達だけは早いのねぇ」

「……あまり言わないでください。褒められるような案件ではありません」

クスクス笑ってる妾の前でね、ファンネリアは目を伏せて不満そうに口を尖らせていたわぁ。

ふふ……いつもは鉄仮面なファンネリアだけどぉ、妾の前で少しリラックス出来たのかしらね、感情が顔に出始めているわぁ。

さてさて、この報告書だけどぉ、まさに妾がここにやってきた理由なのよねぇ。

先日、ゴルン山の麓の集落近隣で大暴れしちゃったぁ、あのスカポンタンなサラの騒動に関する調査書ねぇ。

「中を拝見してもいいかしらぁ?」

「一応部外秘でお願いします」

「りょうか〜い♪」

ファンネリアの返事を確認してから、妾はゆっくりとその書類の束を開いていったわぁ。


その書類の中にはねぇ……あの事件の翌日にぃ、近隣の辺境駐屯地からゴルン山近隣辺境駐屯地へ調査が入ってぇ、ゴルン山近隣辺境駐屯地の騎士団員たちが禁止事項とされてる辺境物資の無断収集やぁ、狩猟禁止区域での狩猟、高位魔法の私的使用などを行っていたことが確認されたと書かれてあったわぁ。

ゴルン山近隣辺境駐屯地の騎士たちはこの期に及んで完全否認したそうなんだけどぉ、ゴルン山の麓の集落の衛兵長から容疑者が突き出されてぇ、その容疑者がすべて白状したそうねぇ。

へぇ、あの新米女騎士ってば、なかなかやるじゃないのぉ。全否認しようとした騎士たちに比べたら万倍マシじゃなぁい。

……でねぇ、その後ぉ、ようやくすべての条例違反を認めた騎士団員たちはぁ、その場で捕縛されて目下ここ王都に向かって移送されている最中みたいねぇ。

この書類はぁ、亜人の飛行種族が行っている高速飛翔便で届けられたってわけねぇ。

妾が書類を見終わったのを確認したファンネリアが口を開いたわぁ。

「先に言っておくけど、ゴルン山近隣辺境駐屯地は一時解散、所属していた騎士団員は全員王都にて裁判を受けた後解雇処分となることが決まっているわ。ゴルン山近隣辺境駐屯地には、後日改めて騎士団を編成して着任させるつもりだけど……すぐにというわけにはいかないので、しばらくの間は今回の調査を行ったタマゾン地区周辺辺境駐屯地にあの一帯の警護任務も受け持ってもらう予定よ」

「あらぁ、辺境駐屯地ってば、結構広い範囲を受け持ってるわよねぇ？　それを兼務させちゃっても大丈夫なのかしらぁ？」

妾がそう言うとね、ファンネリアってば……

『痛いところ突かれた』

って顔をしちゃったわぁ……ま、妾としてはぁここまですべて予想どおりだからぁ、別に驚きもしかったんだけどねぇ。妾はクスクス笑いながらファンネリアの隣へと移動したわぁ。

「そんなファンネリアちゃんにぃ、このフォルデンテ、あなたの肩の荷をひとつ取り除いちゃうすてきな提案をさせていただこうと思ってるのぉ」

妾はそう言うと、ファンネリアの顔を覗き込んでいったわぁ。そんな妾にファンネリアはぁ、露骨に嫌そうな顔をしているわねぇ。

「あなたがそう言う時って、大概ろくでもないことなのですよね……今までの経験上」

そう言いながら、ファンネリアはぁ妾を見つめ続けているわぁ。もっともぉ、妾は別にそんなこと全然気にしないんだけどねぇ。

「どぉう？　あの辺境地域にねぇ、自治を認める気はないかしらぁ？」

「自治？」

「そうよぉ、あの地域はさぁ、亜人種族がぁとおってもたくさん住んでるじゃなぁい？　そこにぃ士気が低〜い人種族で形成された騎士団たちにぃ、嫌々来てもらうのってぇ正直ぃとおっても迷惑なのよねぇ。今回みたいな大問題まで引き起こしちゃったわけだしさぁ」

妾の言葉にぃ、ファンネリアはさらに渋い顔をしているわぁ。痛いところを突かれたもんだから完全に言葉に詰まってる……そんな感じねぇ。

「だからねぇ？　いっそのこと然るべき者がぁ長を務めている村にさぁ、あの一帯を治めさせたらどうかしらぁ？　って話なわけよぉ……まぁ、ぶっちゃけて言わせてもらえばさぁ、ろくに仕事もしないで問題ばっか起こす騎士団たちには、もう来てもらいたくないのよぉ」

妾はそう言うとねぇ、ファンネリアの鼻の頭をぐにっと人差し指で押したのよ。ふふ……ファンネリアってば、言葉に窮したまま、妾のされるがままになってるわぁ。

「……と、とはいえ……信頼の置ける者といわれてもよ、亜人種族の長では絶対に承認が下りるわけがないわ。あなたも知っているでしょう？　ボブルバム教による人種族至上主義のことは」

「誰が亜人種族の長って言ったのよぉ？　妾が推薦するのはぁ人種族の長よぉ。ほらぁ、この報告書にも登場してるじゃないのぉ……「地元民A」って表記だけどさぁ」

妾は報告書を開いて、その一ヶ所を指さしたわぁ。そう、そこにはあの坊やのことを「地元民A」として記載してある箇所があるのよねぇ。妾が指さしている場所を見つめながらぁ、ファンネリアは目を丸くしているわぁ。

「……この、「地元民A」という方が長だというのですか？　……しかし、あの一帯に人種族が長を務めている村があるという報告は受けた記憶がないのですが……」

「名前はねぇ、サファ……じゃなかったわねぇ、ゴセージよぉ。元はぁ王都で暮らしていた人種族なのよぉ。今はねぇ、リバティ村ってとこの長をやってるのよぉ」

「……ゴセージ？　……リバティ村？」

「リバティ村はねぇ、今回の騒動で家を失くした亜人たちが集まって出来たばかりの村だからぁ、あなたが知らなくても無理はないわねぇ」

「あぁ……なるほど……それなら合点がいきます」

妾の説明に一度は頷いたファンネリアなんだけどぉ、すぐにまた首をひねり始めたわぁ……今度はなにを気にしているのかしらぁ？　ホント心配性よねぇ。

「……とはいえ、このゴセージという者はただの人種族なのでしょう？　そのような者に自治を任せるわけには……」

「そのゴセージ、龍騎乗者なのよぉ。それで十分じゃないかしらぁ？」

妾の言葉にぃ、ファンネリアってば言葉を失ったわぁ。そりゃそうよねぇ、龍討伐者と龍騎乗者の称号を持っているだけでぇ、この世界では貴族と同等と見なされるんだものぉ……まぁ、あの坊やの場合、まだ仮免許ってとこだけど……ま、将来に期待ってことでいいわよねぇ。

「……この者は、龍を御するのですか？」

「それだけじゃないわよぉ？　この坊やにはねぇ今回の騒動を起こしたサラマンダーまで従ってるの

よぉ」

妾のさらなる言葉にぃ、ファンネリアってば思わず立ち上がっちゃったわぁ。

まぁ、そうもなるわよねぇ……今のこの世界じゃあ、一匹の龍に遭遇するのすら希だっていうのにさぁ、あの坊やってば複数の龍を従えているんだものねぇ。これでもファンネリアが納得しなかったらぁ、今度はあの妹龍ちゃんのことまで持ち出さないといけないわけだけどぉ……

「そんな人種族なのよぉこの坊やはねぇ。こんな人種族、あの一帯の長ってことにしておいてぇ王都の管理下に置いておいた方がぁ、何かと都合がいいんじゃないかしらぁ？」

妾はそう言うとクスクスと笑ったわぁ。ファンネリアってば、そんな妾をじっと見つめてるわねぇ。

「……万が一、何か問題が発生した場合は？」

「当然、推薦者のこの妾がぁすべての責任を取るわよぉ」

妾のこの言葉を受けるとねぇ、ファンネリアは再び黙り込んだわぁ。

しばしの沈黙ぅ……

そしてぇ、ファンネリアってば、いきなり笑い始めたの。

「わかったわ、あなたの言うとおりにしましょう。そのゴセージ殿を中央辺境局長権限で辺境子爵に任命し、ゴルン山近隣辺境駐屯地が担当していた全域を彼の管轄地として認め、その自治を認めるよう手続きを進めさせてもらいます」

ふぅ……ファンネリアってば、ようやく妾の提案を全面的に受け入れてくれたわねぇ。あの坊やも爵位を持っておいた方がぁ、今後、なにかと動きやすいでしょうしねぇ……ふふふ♪

久しぶりなのよねぇ、あんなにからかいがいのある坊やって♪

クスクス笑っている妾にぃ、ファンネリアが咳払いをしながら口を開いたわぁ。

「……とはいえ、税金はきちんと納めてもらうわよ。さすがにそれを怠られては中央辺境局としても示しがつかないわ」

「わかってるわよぉ♪」

妾はそう言いながらファンネリアの机の上に皮の小袋を置いたの。中には小さな果物の種が詰まっているわぁ。

「はい、税金よぉ♪　一〇〇粒入っているから、百年分前払いってことでよろしくねぇ♪」

そう言うと妾はクスクス笑ったわぁ。

ファンネリアってば、その袋の中身を確認しながら目を丸くしているわねぇ。

「フォルデンテ、ふざけるのも大概にしなさい!?　これが税金ですって!?　これをどうやって上に報告しろと言うのよ!?」

種の入った袋を手にしてファンネリアってば頭を抱えているわぁ。

「だってしょうがないでしょう？　このリバティ村は出来たばかりなんだしぃ、自治地区内にあるゴルン山の麓の集落もぉ今回の騒動のせいで結構な被害を受けているのよぉ？　現金で治める余裕なんてないもの。とりあえずそれ、日当たりのいいところに植えてごらんなさぁい。三年もしたらぁ、あまぁいピルチの実が成る木が育つはずだからぁ♪」

「し、しかしですね……」

さらに言葉を発しようとしたファンネリアなんだけど、妾はその頬に軽くキスするとぉ
「じゃ、あとはよろしくねぇ」

そう言って、転移魔法でお暇したわぁ。

大丈夫よぉ、ファンネリアはやれば出来る子ですものぉ。


数日後……もう日が暮れちゃったわねぇ。

妾は、少し王都の様子を見て回ってからリバティ村へと戻ってきたのぉ。ここに戻って来たからには、早速温泉に浸からないとねぇ。

「あ～！フォルデンテ様が戻ってきてるクマ～」

コロックってば、妾が温泉に入っているのを見つけると、湯船に飛び込んできたわぁ。

温泉を満喫するために体を具現化させてたもんだからぁ、妾ってばお湯浸しになっちゃった……ま、どうせ湯船に浸かっているわけだしぃ、別にいいんだけどねぇ♪　そのコロックってば、いつの間にか妾の隣に座って嬉しそうに笑ってるわねぇ。

「あんたってば。相変わらず元気ねぇ」

「クマ～♪」

コロックってば、すごく嬉しそうに笑ってるわぁ。

そしたら今度はエルデナがお風呂に入ってきたの。

「……あら、フォルデンテ……しばらく姿を見かけなかった気がしますけど？」

「ん～？　ちょぉっと野暮用をねぇ、こなして来たのよぉ♪」

妾はそう言うとね、いつものようにクスクス笑ったの。


「ところでフォルデンテ様～」

「ん～？　なにかしらかぁ？　コロック」

「コロックが集めてたピルチの種を入れてた布袋がなくなったクマ、知らないクマ？」

「ん～、ごめんねぇ、わかんなぁい♪」

あらやだ……コロックってばもう気が付いたのねぇ。

出発前にぃ、手近にあったもんだから持って行っちゃったんだけどぉ……

「ま、まぁ見つからないものはしょうがないじゃないのぉ。また集めなさいなぁ。それよりもぉ、ピルチの実を買ってきてあげてるわよぉ。お風呂からあがったら食べなさぁい♪」

「わ～い♪　フォルデンテ様、ご主人さまの次に好きクマ～♪」

コロックはそう言いながら妾に抱きついてきたんだけどぉ……ちょぉっと罪悪感……

エピローグ

ゴルン山の麓の集落での宴会が終わって二週間ほど経過していた。

僕らが住んでいる集落跡地は、今ではリバティ村と名前を改めて二十人近い住人が暮らしている。

移住してきたみんなはとても熱心に働いてくれている。

ドワーフの父親は伐採などの木材関係の作業にとても精通していたので、木の伐採から、いまだに破損したままになっている住居の修繕作業、ちょっとした増改築作業まで幅広くこなしてくれている。

そのおかげで、僕たちでは修理出来なかったため放置していた廃屋すべてがこの二週間で居住可能な状態になっていた。

ドワーフの父親が伐採した木材の運搬は、力持ちの水牛人の若夫婦が二人で頑張ってくれている。

さらにサラマンダーのサラも、

「力仕事なら任せておけ」

といいながら、作業を手伝ってくれているんだけど……サラは、水牛人の若夫婦が二人がかりでも運べない巨大な木材を、人型のまま片手でひょいっと持ち上げて運んでしまうもんだから水牛人の二人が、

「……ちょっと自信なくしそうですモ…」

そう言いながら、青ざめていた。

木の切り出しは、リバティ村からゴルン山の麓の集落方向へ伸びている旧街道周辺を中心に行っている。村で使用する木材を調達するのと同時に、街道を拡張出来ないかと考えた上での作業となっている。この旧街道をもっと広く、石畳で整備することが出来れば、往復四日かかっているゴルン山の麓の集落への行程を短縮出来るはずだ。そうなれば、今は月に一・二回しか行くことが出来ていないゴルン山の麓の集落へもっと頻繁に出向くことが出来るようになり、なにかと利便性が高まることにつながるはずだしね。

伐採した跡地は、道を拡張出来るだけの余地を残して、それ以外の部分を墾し、新しい畑にする準備を進めている。伐採した跡に残っている切り株をサラと水牛人の若夫婦たちが除去してくれているんだけど、ここでもサラの怪力ぶりが群を抜いていて、水牛人の若夫婦が二人がかりで一つ掘り出す間に、サラは三・四つ掘り出していた。

それを見た水牛人の二人が、

「……やっぱり自信なくしそうですモ……」

そう言いながら、さらにに青ざめていた。

「しかし……」

僕は、サラと水牛人の若夫婦が溜めている切り株を見つめながら困惑した。かなりの大きさがある切り株だけど……さてさてどうやって処分したものか……僕がそんなことを考えながら腕組みしていると、

「大丈夫だ、食える」

そう言うと、サラはサラマンダーへ変化……しようとしかけて、僕へ視線を向けて来た。

「サファテ殿……私はサラマンダーの姿に変化しないと誓っていたのだが……サファテ殿の許可を頂けた時だけ変化させてもらってもよろしいか？」

「え？　あ、あぁ、それはいいけど」

「うむ、かたじけない」

そう言うと、サラはその姿をサラマンダーへと変化させた。極力周囲に影響を与えないように肩身を狭くしている姿は、どこか愛嬌があった。もっとも、その姿のまま切り株をバリバリと食べ始めた姿を見るなり、そんな感情がどこかへ吹っ飛んでしまったのは言うまでも無い……

サラマンダー姿のサラは、二十近く転がっていた切り株を十分もかからずに食べ尽くしてしまった。

人型に戻ったサラは、少しお腹をさすりながら、

「うーん……やはりウーニャ殿のご飯の方がおいしい」

そう言いながら眉をひそめていた。その言葉を聞きながら、僕は苦笑することしか出来なかった。


山で行っている狩りも、ウーニャを中心としてとても賑やかになっている。

猫人のウーニャは、その俊敏性を生かして森の中を高速で移動し、狩りの度にすごい量の小魔獣を仕留めてくれていた。

エルデナ・コロック・オーラ・エーラも同行してはいるんだけど、エルデナは薬草と魔石の採取。

コロック・オーラ・エーラの三人はエルデナの手伝いをしながら時折、草原で遊んでいるらしい。

今までは狩りの戦力がウーニャ一人だったんだけど、最近ではここに鷹人の父娘と狐人の女の子が加わっている。三人とも森の中で暮らしていた時には狩りをしていただけあって、かなりの獲物を仕留めてくれていた。おかげで、狩りの成果が一時期すごくあがったんだけど、この一帯の魔獣を狩り過ぎたせいか、しばらくすると、

「うみゅう……獲物が目に見えて減ってきましたニャ」

ウーニャがそう言って肩をすくまるほどになってしまった。

狩り部隊に関しては、今後は狩り場を増やして、ローテーションを組む必要がありそうだ。捕りすぎにも気をつけないといけない。

ウーニャたちとは、近いうちにゴルン山の麓の集落へ向かう途中に建設してある巨木の宿泊所を利用してその周辺でも狩りをしてみようという話をしている。ちなみに、ドワーフ夫婦の二人の娘たちも参加しているんだけど、コロックたちと一緒に遊んだり、エルデナのお手伝いをするのが主な仕事になっている。


狩りや力仕事が苦手な一角獣馬人の姉妹は、ドワーフの母親と一緒にみんなの食事作りに精を出してくれている。今まではウーニャが一手に引き受けてくれていたんだけど、最近のウーニャは狩りに出向くことが多いため、三人がこの役目を担ってくれている。宿屋の食堂では食事時になると、

「ほら、ちゃっちゃとやるんだよ、手を動かしな！」

「は、はい！」

ドワーフ母親の威勢のいい声と、それに返事をする一角獣馬人の姉妹の声がよく聞こえるようになっている。

こんな感じで、今のリバティ村ではみんなが出来ることを一生懸命頑張ってくれている。

もちろん僕も、薬品の生成や薬草の採取などを行ってっている。

夜は、地方都市行政学や地方都市経営学を学んでいた際に使用していた教科書や参考書を読み返しながらリバティ村を運営していくために有用な知識を少しでも多く身につけようとしている。そのため、魔術界の魔法書の研究がおざなりになっているんだけど、これぱかりは致し方ないと思って今は諦めている。

経営学の本にも記載されていたけど、やはり村を安定的に運営していくためには公共事業、あるいは特産品を作り出す必要がある。一朝一夕に出来る物ではないけど、早いうちに取り掛かればそれだけ実を結ぶのも早くなるわけだし……そう思った僕はあれこれ考えを巡らせていった。

真っ先に思い浮かんだのは、以前失敗したプラント魔法だ。

前回試した際には、無事実を生成することが出来たんだけど、あっというまに害虫によって食べ尽くされてしまった。殺虫用の薬剤を使用してはどうかと思ったんだけど、

「プラント魔法の木に薬剤を使用しちゃうとね、出来上がった実に悪影響が発生しやすくなるからお勧めしないわよぉ」

フォルデンテにそう言われてしまったため、断念した経緯がある。

とりあえず、この件に関してはなにかいい対策がないか考えつつ、他にもリバティ村で行える公共事業がなにかないか考えていくことにした。


「……相変わらず、根を詰め過ぎよ」

不意に、エルデナから声をかけられ、僕は慌てて目を覚ました。

机に向かって参考書を読んでいたはずなんだけど、どうやらその途中で寝ていたようだ。

僕に紅茶を持ってきてくれたらしいエルデナは、その手にトレーを持っていた。

「あぁ……ありがとう、エルデナ」

僕は一度思い切り背伸びをした。

そんな僕の隣に寄り添うようにしながら、エルデナが僕が読んでいた書物へ視線を向けた。

「……今はなにを調べていたの？」

「うん、過去に辺境都市で行われていた公共事業の実例をあたっていたんだ。リバティ村に適した実例がないかと思って」

「……ふ～ん」

そう言うと、エルデナは僕の顔のすぐ横に自らの顔を寄せてきた。

ふわっと、なんだかいい匂いが漂ってきた気がする。

近くで見ると、たでさえ綺麗なエルデナの顔がさらに綺麗に見える気がして、おもいっきりドキマギしてしまう。自分の顔が赤くなっているんじゃないかと気にしながら、僕はエルデナと一緒にしばらく同じ書物を眺めながら意見を交わし合った。


数日後。

庭にあるプラント魔法の木の様子を見ている時、旧街道を立派な馬車が通過していくのを見た。おそらく王都の馬車だと思うんだけど……山裾を通っている道の方が整備されているというのに、珍しいことがあるもんだな、と思いながら通り過ぎていく馬車を見送ったんだけど、

「ご主人さま、さっきの馬車が戻って来たクマ」

「え？」

僕の横でピルチの実を食べていたコロックの言うとおり、さっき通過した馬車が戻って来たのである。その馬車は、再び僕たちの村の横を通過し、元来た方へと戻って行った。

「ご主人さま、さっきの馬車がまた戻って来たクマ」

「え？　また？」

三個目のピルチの実を食べていたコロックが指さした先には、確かにさっきと同じ馬車が再び旧街道を進んで来るのが見えた。

（……一体なにをしてるんだろう？　道にでも迷ったのかな？）

そう思った僕は、コロックと一緒に旧街道へと歩み出た。

「あの……さっきからこのあたりを行き来なさっていませんか？」

「あぁ、助かった、人がいた」

操馬台に座っていた男性は、僕の顔を見るなり安堵の表情を浮かべた。

「すいません、私、王都の中央辺境局から参った者なのですが、このあたりにゴセージ様という方が長を務めておられるリバティ村があるはずなのですが。ご存じありませんか？」

その言葉を聞いた僕は、思わずコロックと顔を見合わせてしまった。

ゴセージと言えば……僕が使っている偽名だし、リバティ村といえば、僕達が暮らしているこの村のことだけど……


王都の中央辺境局からやってきた一行はリバティ村を見つけることが出来なくて、旧街道を右往左往していたそうだ。

「いやぁ、地図にも載っておりませんでしたので、大変でした」

確かに、出来たてのリバティ村が地図に載っているわけはない。

それに、廃村になってから長いため、このあたりに村があったことも記されていないはずだ。加えて、近くまで来ても、旧街道側の茂みをわざと伐採していないため、旧街道からリバティ村はほとんど見えなくなっている。そのため、よほど気をつけて見ていないと、この使者たちのように村を見つけることが出来ないまま右往左往してしまうのが関の山なのである。

……ただ、王都からの使者ということで、僕は内心身構えていた。王都というとどうしてもグリード家がらみでなにか嫌がらせでも言いに来たのではないかと思えてならない。

事態を聞いて庭に集まってきたエルデナとウーニャも僕同様に警戒した様子で使者たちを見つめていた。

サラやドワーフの父親にいたっては、

「こいつら、サファテ殿になにか嫌がらせをしにきたのか？」

「恩人のサファテ殿に危害を加える気なら、このサラが……」

今にも襲いかからんばかりの様相で使者たちを睨み付けているもんだから、大半の使者たちが震えあがっていた。そんな中、僕と最初に話をした使者の男は、そんなサラたちの様子にも特に動じた様子はなく、飄々とした笑顔をその顔に浮かべながら、僕に書類を差し出してきた。

「ゴセージ殿。中央辺境局からの通達をお伝えいたします。貴殿、先のサラマンダー事件での功績により、辺境子爵の爵位を与え、この付近一帯の自治を認めるものとする」

「……え？」

その言葉を聞いた僕は思わず目を丸くしたまま立ち尽くしてしまった。

周囲の皆も、おおむね同じ反応だった。

コロックだけは、

「ご主人さま、へんきょうししゃく、っておいしいクマ？」

そう言いながら僕のズボンを引っ張っていたんだけど……すると、そこに姿を現したフォルデンテが、

「あらぁ、朗報じゃない。よかったわねぇ、坊や」

そう言いながらクスクス笑っていた。

しかし、ちょっと待ってほしい……辺境子爵？　この僕が？

この世界の貴族の爵位をおおまかに分けると
大公　—　公爵　—　侯爵　—　子爵　—　男爵
この五段階になる。大公が最高位で徐々に格下になっていく。

大公位は四貴族しか任命されない爵位であり、そのため大公位は四公とも称されている。その筆頭がグリード家なわけだ……

今回僕が与えられたのは、下から二番目にあたる子爵と同列の爵位ということになる。辺境での統治を認められた貴族が賜る一番下の爵位であり、その功績によって昇進していく可能性がある。

使者から手渡された辞令を確認してみると、ゴルン山を中心にした広大な一帯が、僕の統治区域になることが明記されていた。おそらく、これはゴルン山近隣辺境駐屯地が管轄していた区域だと思われる。

そういえば、ゴルン山近隣辺境駐屯地は廃止されて、そこに所属していた騎士団員たちは全員強制送還されたと聞いていたけど……その代わりをするように、と、言うことなのだろうか、これは？

僕が今回治めることになった地域の中にはゴルン山の麓の集落も含まれていた。それ以外に、地図上に集落の印はない。これはつまり、ゴルン山を中心とした、ゴルン山の麓の集落を含めた一帯に新しいリバティ村が発足することになり、僕がその長になる……そういうことなんだろう。

辞令と一緒に同封されていた事務的な書類に目を通していた僕は、その中に気になる記述を見つけた。

「……あの……ここに書かれている『税金に関しては百年分先払い済』……って、どういうことですか？」

「さぁ？　詳しい内容については使者である我々ではわかりかねます」

僕の言葉に、使者の男はそう言って肩をすくめた。どうにも釈然としないものの……そのまま書類を読み進めていた僕は、その最後の一行を見つめた途端に目を見開いた。

『ゴセージ氏の後見人として門の守護者フォルデンテを任命する。』

僕は、すぐにフォルデンテへ視線を向けた。

フォルデンテはクスクス笑いながら僕を見つめている。

「……あらぁ？　どうかしたのかしらぁ、坊やぁ？」

その顔は、完全に僕の反応を楽しんでいる顔だった。

フォルデンテとはあとでしっかり話し合って、事情をしっかり説明してもらう必要がありそうだ。

僕と同意見らしいエルデナやウーニャたちもフォルデンテの周囲を取り囲むようにしながらその顔を見つめていた。

そんな中……僕は正直なところ悩んでいた。果たして、この話を受けて良いものかどうか……

使者の男は「今回の辞令はすでに決定事項です。それを辞退なさるとなると、ちょっと……」

そう言いながら少し表情を曇らせた。

使者の男の言うとおり、もし僕がこの話を今から辞退したとなると、それはそれで非常に大きな問題になることが容易に想像出来た……新たにゴルン山近隣辺境駐屯地を設置しなければならなくなり、そのための人員集めも行わなければならなくなる。

……そして……僕が貴族としての身分を再び得る機会は二度となくなるだろう。

しかし……貴族の身分うんぬんよりも、まだまだ若く、領地経営の経験もないこの僕が、このゴルン山一帯に暮らしているみんなの生活や笑顔を守っていく……そんな領地経営を行っていくことが出来るのだろうか……正直、自信は全くなかった。

使者の人たちには木の家のリビングで待ってもらい、僕は自室へ戻り自問自答を繰り返していた。

ノックとともに、エルデナが入ってきた。

「……相当悩んでいるようね」

エルデナは優しく微笑みながら、僕の前に紅茶の入ったカップを置いてくれた。

「……あなたのことですから、領地経営の責任をすべて一人で担おうとしているのではありませんか？」

僕の横に立ち、肩に手を置くエルデナ。

「……もっと皆を頼ってください……

私がいます。

ウーニャもいます。

オーラやエーラ、コロック、サラやフォルデンテ……は、ちょっとどうかしらね、あなたを玩具にして楽しんでいる節があるから、ちょっと避けた方がいいのかも……」

そう言うと、エルデナはわざとらしく舌を出した。

その仕草に僕が思わず笑みを浮かべたのを確認したエルデナは、僕を見つめながら小さく頷いた。

「みんな、あなたのためなら喜んで力を貸してくれますよ」

「ちょっとぉ、なんで妾が避けられているのかしらぁ？　非常に不服なんですけど？　坊やを玩具にして楽しんでいるのは事実だから別にいいけどねぇ」

部屋の中に転移してきたらしいフォルデンテが、そう言いながらクスクス笑っていた。

エルデナが、フォルデンテへ歩み寄った。

「……サファテが思い悩んでいる厄介ごとの根源は、あなたとお見受けしているので・す・が？」

「さぁて？　妾にはぁ、とぉんと心当たりが、ご・ざ・い・ま・せ～ん」

わざとらしい口調でとぼけるフォルデンテ。その額にデコピンをしようとしたエルデナだが、当然のようにその指はフォルデンテの体をすり抜けていく。

エルデナは、改めて僕へと向き直った。

「……完璧に出来る人などいません。皆でやっていけばいいではないですか。あなたが、あなたの父上に突き付け続けた、あなたの理想をここで実現出来るように頑張っていけば……」

エルデナの言葉に、フォルデンテも満足そうに頷いている。

……自分の、理想

その言葉に、僕は心を揺り動かされた気がした。

「それでは今回のお話を正式にお受けいただけるのですね？」
使者の男の言葉に、僕は力強く頷いた。
肩越しに振り向くと、そこには……

エルデナが
ウーニャが
オーラが
エーラが
コロックが
サラが
フォルデンテが
そして、住人のみんなが
僕に向かって笑顔を向けてくれていた。

僕は、みんなに一度頷くと、使者の男へ向き直った。

「はい……僕は、みんなと一緒に、このお話をお受けさせていただきます」

僕の言葉に、使者の男は満足そうに微笑みながら頷いた。

僕は、自分が引き受けたことの重大さを噛みしめながらも、みんなとならきっとやっていける……

そう、強く思っていた。

こうして、僕の辺境での村経営がはじまることになったんだけど、今回の日記はここで筆を置くことにしよう。

書き下ろし　つながっていく思い

これは……そうじゃな、サファテのヤツが実家から追い出される少し前の話じゃったかな……

視点：クロ

ワシはクロ。鬼人じゃ。

ゴブリン共を率いてパルマ大陸を西へ東へ南へ北へと、まぁとにかくあっちこっち駆け回りながら商売をしとる。大儲け出来る時もあれば、大損することもある。時には山賊に出くわしたり、魔獣に襲われることなんざしょっちゅうじゃ。

でもなぁ、ワシの部下共はの、ゴブリンはゴブリンでも、そんじょそこらのゴブリンとは質が違うわい。なんせこのワシが直々に鍛えてやっとるんじゃからな、ガッハッハ。


この日のワシは王都に来ておった。

正直に言えば、王都は好かん。あのボブルバム教とかいうのが推奨されとるもんじゃから、みんながみんなワシら亜人種族を虐げるからの。

ま、そんな事ばっかり言ってはおれん。王都での仕事は金がいいからな。いばりちらしやがる市場の奴らは好かんが奴らが差し出してくる金貨は大好きじゃ。金、金言ってはおるが、わしゃ裏の仕事には手を出しとらんからの。

全身黒い鎧を着込んどるから色目で見るヤツもおるがの、まぁ結構ひどい怪我の跡があるからな、それを隠しとるだけじゃ。それに、ワシが素顔をさらしたら女共がキャアキャア言って寄ってきてしまうからな、ガッハッハ。


さて、ワシはいつものように荷馬車専用積込場へと馬車を移動させた。

ここはいろんな商会や、ワシのような商隊を率いとる者たちが荷馬車を駐めて荷物を積み降ろす場所じゃ。金さえ払えば一晩くらいなら荷馬車を置かせてくれるんでな、王都にきた時はよくお世話になっとるんじゃ。

「あ、クロ」

お、ワシに向かって手を振る女がおるな。あいつが今回の仕事の依頼主、クイン商会のクインじゃ。

「おうクイン。待たせたかの?」

「いいえ、時間ぴったりよ。相変わらず仕事が正確ねクロ」

「ガハハ、当たり前じゃ。そうでなけりゃ、ワシのような亜人種族が王都《ここ》で仕事出来るわけがなかろう」

ワシはそう言いながらクインが指示した場所へ荷馬車を停めた。

「クロ、今日は王都で泊まりでしょ？　明日の朝までならここに置いといていいわよ」

「ホントか！　いや、それは助かるわい！」

ワシは笑いながらクインの元へと歩み寄った。

そこでワシは積み荷の一覧をクインに渡した。クインはそれに一通り目を通すと。

「うん、間違いないわ。じゃ、荷下ろししてくれるかしら？」

「おう、任せておけ！　おいおめぇら！　早速取り掛かれ！」

ワシの声に、元気よく返事を返したゴブリンたちは、手際よく荷馬車の荷物を下ろし始めた。

「おう、そういえば今日はバナザはどうした？　スペード商会の」

「今日はまだ見てないけど……どうかしたの？」

「ん、いや、いつもあいつは亜人種族のワシらにもよくしてくれるからの、今日はちと土産を買ってきてやったんじゃが……」

「もしよかったら、私が渡しておきましょうか？」

「ほ、そいつは助かる。このまま会えんかったら渡しそびれてしまうからの」

ワシはそう言うと背負い袋の中から箱に入った酒をクインに手渡した。

「ま、お前の役にも立てるし、一挙両得というやつじゃな」

「え？　私の役に？」

「ほれ、バナザと話すきっかけが出来るじゃろう？　せっかくじゃから食事にでもさそってみたらどうじゃ？」

「もう、馬鹿ねぇ。私とバナザはそんな仲じゃないわよ。ただの仕事仲間、それだけよ」

「ふむ、そうなのか？　お主とあやつが結婚して、二人でクイン商会を今以上に盛り上げてくれたら、いっそのことワシらをクイン商会の専属仕入れ人として雇ってもらおうと思っとるんじゃがのう」

「ふふっ、残念でした。じゃ、私は荷物の確認にいくから」

「おう、追加の仕事があったらいつでも言ってくれ。今夜は……」

「三竜亭でしょ。お願いすることがあったらお邪魔するわ」

クインは笑いながら駆けていきおった。

若くして親御さんを亡くして、女手ひとつでクイン商会を切り盛りしとる、結構なやり手じゃ。

……とはいえ、やはり随分無理をしておるようじゃのぅ……ちと顔色が悪かったわい。スペード商会のバナザのようなやり手と結婚でもすれば、少しは楽になるじゃろうに……それに、あやつもバナザのことをまんざらでもなく思っとるのは間違いないからのぉ。

ちなみに、このクインとバナザは、ここ王都商会の奴らの中でも、亜人種族を全く差別しない珍しい奴らじゃ。この二人に、ワシら亜人種族の商売人はしょっちゅう助けられとるもんじゃから、ホントに頭があがらんわい。

クインの荷下ろしを終えたワシらは王都の裏通りにある三竜亭に顔を出した。ここは王都じゃ珍しい亜人種族ご用達の酒場じゃ。宿屋も完備しとる。飯もうまいし、酒もうまいし、それになにより、人種族がやってこん！　これが最高じゃ！

ここは亜人種族のたまり場になっとるもんじゃからな、人種族の方が勝手に忌み嫌って避けてくれとるんじゃ。王都の酒場で飲んでおったら人種族共が白い目で見ながらひそひそ話をしてくるもんじゃから、落ち着いて酒を飲めんのじゃ。


ワシが店に入ると……その人種族がテーブルに座っておった。


おっといかん、ひとつ訂正じゃ。この店には人種族がやってこん……ただし、例外が一人だけおる。

亜人種族だらけのこの店の中でのんきに酒を飲んでおるこの男、サファテじゃ。

魔法学校で教員をしとるとかいうこの男。人種族のくせに、亜人種族だらけのこの店にも平気で入ってくるんじゃ。

最初にこやつがこの店に来た時は、そりゃみんな大騒ぎしたもんじゃ。ところがサファテの奴、その様子を見て、

「なにかあったんですか？」

とか抜かしながら、周囲を見回しておったんじゃ。

そのとぼけた具合が気に入って、一緒に酒を飲むようになったんじゃが、こいつはホントに気持ちがいいヤツなんじゃ。ちと世間知らずなところはあるものの、亜人種族も人種族も分け隔てなく平等に接してくれる気のいい奴じゃ。

妙に正義感の強いところもあってな、以前ワシの部下のゴブリンが人種族に因縁をつけられておったら、間に入って助けてくれたこともあったんじゃが、残念ながら腕っぷしはさっぱりのようでな、ゴブリンたちと一緒にこてんぱんにされておった。

ま、そんな気持ちのいいヤツじゃから、ワシらもこのサファテのことが嫌いではないのじゃ。

そんなことをワシが思い出しておったら、サファテのヤツがワシに気づいたようじゃ。

「やぁ、クロ。久しぶり」

笑顔で手を振るサファテ。その前には、こやつの同僚のエルデナが座っておる。

エルデナは亜人種族のエルフじゃから、まぁ、この店で酒を飲んでおっても違和感はないのじゃが、人種族のサファテと一緒におるせいで、ちと目立っておる。あと、エルデナは結構なべっぴんさんでな、ワシの部下共の中にもファンがおるんじゃが……まぁ、このエルデナがサファテのことを好いとるのは店のみんなも気づいとるもんじゃから、誰もこいつに手を出そうとはせん。

エルデナもサファテのことを憎からず思っておるようじゃし、サファテもエルデナに好意を持っておるのは周囲から見ておれば一目瞭然でな、ま、つけいる隙がないということじゃ。

惜しむらくは、お互いの気持ちに気づいとらんっちゅうことかのぉ……揃いも揃って色恋沙汰には不器用じゃから。

でもまぁ、サファテやクイン、バナザみたいな人種族もおるんじゃから、人種族もまだ捨てたもんじゃないと思えるわい。

ワシは、サファテの方へ歩いて行った。

ちょうど隣のテーブルが空いとるようじゃし、今日はそこにお邪魔してあの二人と話でもしながら酒を呑むとするかの。

視点：ウーニャ

これは……ウーニャが弟のように思っておりますぼっちゃまがグリード家を勘当される少し前のお話ですニャ……


この日のウーニャは、超ご機嫌でしたニャ。

ぼっちゃまが魔法学園からお戻りになる日ですからニャ。


ぼっちゃまのご実家グリード家。

幼くして両親を亡くして行く当てもなかったウーニャはこの家に拾われてからずっと奴隷としてご奉仕させていただいておりますニャ。

正直、待遇はよくないですニャ。それでもウーニャが頑張ってこられたのは、サファテぼっちゃまがおられたからですニャ。

ウーニャはぼっちゃまより少し年上ですニャ。そのおかげで、ウーニャはぼっちゃま専属の奴隷メイドとしてご奉仕させていただいていますニャ。

普通、亜人種族の奴隷が人種族の専属メイドになった場合、性的なご奉仕を行う事も仕事の一つとされておりますニャ……実際、サファテぼっちゃまのお兄さま、プライドーぼっちゃま専属の奴隷メイドを担当していた先輩の亜人さんは……そういうご奉仕を相当なさったといわれていますニャ……。

ですけど……サファテぼっちゃまはウーニャにそのようなことを一度として求めになられたことはありませんニャ。それどころか、奴隷メイドのウーニャをご家族と同じように……いいえ、ある意味ご家族以上に大切に扱ってくださいましたニャ。


ウーニャは、そんなぼっちゃまが大好きですニャ。

ぼっちゃまのためならなんでもするつもりですニャ。

ウーニャには……ちょっとした力がありますニャで……ぼっちゃまのためならその力を使うことも躊躇しませんニャ……たとえ、その結果、ウーニャの命が狙われることになってもですニャ……


ぼっちゃまが全寮制の学園に入られることになった日は悲しかったですニャ……

笑顔でお見送りしましたけど……一ヶ月近く泣きながら寝ていましたニャ……

ですので、お休みの際にお戻りになられるぼっちゃまとお会いするのがとっても楽しみだったんですニャ。

……そして今日、そんなぼっちゃまが久しぶりにお戻りになられる日ニャんですけど……ちょっと遅いですニャね……きっとエルデナ様とお酒でもお飲みになっているニャね。

エルデナ様とぼっちゃまでしたらとってもお似合いですニャと思っておりますニャ。お二人がご結婚なさったら、ウーニャはぼっちゃまにお願いしてお二人のメイドにしていただきたいと思っておりますニャ。グリード家の奴隷を辞めるのに必要な資金はすでに貯《た》まっておりますニャで、ウーニャはその日が来るのを指折り数えながらお待ちしておりますニャ。

ウーニャは時計を見ましたニャ。結構…遅い時間になっておりますニャ……

……ん？

耳を澄ましてみましたら、ぼっちゃまの足音が聞こえましたニャ。まだかすかニャけど、間違いないですニャ。

ウーニャは部屋を飛び出して玄関に向かいましたニャ。

大好きなぼっちゃまに、

「お帰りなさいませ、ぼっちゃま」

そう、言うためですニャ。

視点：エルデナ

……そうね……これはサファテがグリード家を勘当される少し前のことだったかしら……

……三竜亭でサファテとお酒を飲んだ後、私は実家に帰る彼を見送った。

……その帰り道……私の心の中を寂しさが支配していた……ダメね、この寂しさにはいつまで経っても慣れない……酒場で割り込んできたクロ、そのことで少し拗ねていたはずなのに、そうね、そんな感情はもうどこかへいってしまっていた……

……サファテとは魔法学園の小等部で同じクラスになってからの付き合いになるから、かれこれ、二十年以上、同じ境遇を共有していることになるわ……

……魔法学校を大学院まで進み、その後魔法学校へ教員として就職。その傍らで、共に魔法薬学の研究を同じ研究室で行っている……

……同級生、先生、同僚、生徒……みんなが私を蔑むような視線で見つめていた……私がエルフだから……ただ、サファテだけは違った……

……入学して、隣の席になった時、サファテは、
笑いながら握手を求めて来たの……そうね、その時、すでに私は恋に落ちたのかもしれない。

「隣だね、よろしく」

……本当のところはわからない……まだ年端もいかない時のことだもの……ちょっと優しくされたから嬉しくなっただけかもしれない……そう思って距離を取ろうとしたこともあった、気にしないようにしようと思ったこともあった……でも、サファテはいつも笑顔で私に手を振ってくれた……

……大学の卒業が近づいた頃……魔法学園を卒業したら、私は辺境都市グリーンコンベへ戻り、父の後を継いで領主グループに参画するための研修期間を兼ねて、父の秘書に就任することになっていた……大学部在学中はそれが当たり前なんだと思っていた……それが私の人生なんだって……でも、あの日……グリーンコンベの父から一枚の肖像画が送られて来たの……私の見合い相手だって、手紙が添えられていた。……私はその時、初めてグリーンコンベに帰りたくないと思った……その肖像画を見る度に、背筋に悪寒が走った……その時、私の頭にはサファテの顔しか浮かんでいなかったの……


……その時、私ははっきりと自覚した……私はサファテのことを好きなんだって。

……私はすぐに、父にお見合いのお断りと、グリーンコンベへ戻ることを延期したい旨を書き状したわ……ふふ……父はすぐにグリーンコンベから飛んできた。

散々説得されたけど、私は最後まで首を左右に振り続けたのよね……ただ、サファテのことは口に出来なかった……だって、彼と正式にお付き合いさせてもらっているわけじゃなかったから……

……いろいろあったけど、今も私はサファテの近くにいる。

……わざと顔を近づけて見たり、ジッーと瞳を見つめてみたり……そんなアピールをしてみたことはあるんだけど……どうにも彼ったら、超がつくほど色恋沙汰には鈍感だから、全然気づいてもらえていないみたい。

……いえ、わ、わかってはいるのよ？　この年になってそんな子供っぽいアピールしか出来ない私にも問題があるっていうことは……でも、仕方ないじゃない……私は、サファテしか知らないんだものの……サファテしか、見てきていないんだもの……

……そんな事を考えながら、私は足を止め、後ろを振り向いた。

……そこには、すでにサファテの姿はなかった。

……今日は、実家に帰るって言っていたものね……

……私は、自宅である寮の方へ向かって再び歩き始めた。

……今は、一人だけど……そうね、いつか二人で一緒に歩けたら……

視点：サファテ

これは、木の家に温泉施設が出来る少し前のことだったかな……

この日の僕たちは木の家に住んでいる、

僕
エルデナ
ウーニャ
コロック
オーラ
エーラ

その全員で馬車に乗り、旧街道から街道へ入ると北へと向かっていた。

その道中、操馬台で僕の隣に座っているエルデナと、馬車の中にいるウーニャが同時に思い出し笑いをし始めた。

「どうしたんだい、二人共？」

僕はそう訪ねると、

「……べ、別になんでもないの……ち、ちょっと昔の事を思い出してただけ……そう、それだけ……」

エルデナは、なぜか顔を真っ赤にしながらそっぽを向いてしまった。

一方、馬車の中のウーニャは、

「えへへ、ウーニャも、エルデナ様と同じように昔の事を思い出していましたニャ」

そう言いながら、ご機嫌な様子で尻尾をフリフリと動かしていた。

「ふ〜ん、そうなんだ。よかったら後で教えてよ」

「……と、とんでもありません！　ぜ、絶対ダメです！」

エルデナは、僕の言葉に、さらに真っ赤になりながら顔を左右に振った。

一方、馬車の中のウーニャは
「はいニャ、後でお話させていただきますニャ」

笑顔でそう言ってくれた。

エルデナがなにをそんなに恥ずかしがっているのか、ちょっとだけ興味はあったけど、本人が嫌がっていることを無理に聞くのは良くないな、と、思った僕は、改めて前方へ視線を向けた。

前方には、長い街道と森、そして青空が広がっていた。

クロに教えてもらったんだけど、この街道の先に湖があるそうなんだ。その事をクロから聞いたコロックが、

「ご主人さま！　湖に行ってみたいクマ！」

そう言い出したこともあり、どうせならみんなでキャンプがてら遊びに行ってみようという話になった。


「うわぁ……」

馬車の中から、オーラとエーラが嬉しそうに顔を出していた。

馬車の外を流れていく光景に目を輝かせ続けている。

「そういえば、二人は山の奥で暮らしていたんだったね」

「はい、こんな道を通るのは生まれて初めてです」

「私もです」

僕の言葉に笑顔で頷いた二人は、馬車から顔を出し、外を眺め続けていた。

「ご主人さま、コロックもすごく楽しいクマ」

僕の隣に座っているコロックも、笑顔で僕を見上げてきた。

すっかり僕に懐いてしまったコロックは、木の家でも僕と一緒の部屋で生活している。家に来てすぐの頃は、

「……あなたも女の子なんですから」

そうエルデナに諭されて、エルデナの部屋にいた時期もあったんだけど、コロックは毎晩のようにエルデナの部屋を抜け出しては僕の部屋に忍びこんできて、僕のベッドに潜り込んでいた。結局、エルデナが根負けし、

「……サファテの言うことをちゃんと聞くんですよ」

「わかったクマ！　任せてほしいクマ」

そんなやりとりがあった後から、コロックは僕の部屋の住人になった。

馬車の中ではウーニャが荷物の確認をしていた。

湖に行くことが決まった前日の夜、僕の部屋をウーニャが訪ねてきた。

「ぼっちゃま、魔法袋を貸していただけますかニャ？」

「魔法袋を？」

魔法袋はこぶし大の大きさの魔法道具だ。

魔法によって中が異空間につながっていて、かなり多くの荷物をその中に収納することが出来る。

魔法袋の中では時間が経過しないため、例えば温かい食べ物を入れておき、数週間後に取り出しても温かい状態のまま取り出すことが出来る。非常に便利な道具なんだけど、その分高価でもある。

魔法学園の教員の給与程度では、普通ちょっと手が出ない魔法道具なんだけど、以前クロが中古の魔法袋を格安で譲ってくれたおかげで入手することが出来たんだ。

「はいですニャ、湖に持って行く荷物を入れさせていただきたいですニャ」

そう言うウーニャに、僕は腰につけたままにしている魔法袋を手渡した。

「僕の荷物も入ったままになってるから、取り出す時に気をつけてね」

「ありがとうございますニャ。了解しましたですニャ」

ウーニャは笑顔で一礼すると、急いで部屋から出て行った。

一刻後。

再びウーニャが僕の部屋を訪ねてきた。

「あの〜、ぼっちゃま……大変恐縮ニャのですが……マジックボックスも貸していただけますかニャ?」

「え? マジックボックスも?」

マジックボックスというのは、魔法袋の大型版とでもいう物だ。

魔法袋同様、その中が異空間につながっていて、その中に品物を収納することが出来る。

魔法袋より収納出来る総量は少ないものの、魔法袋に入れることが出来ない大型の品物を詰め込むことが可能だ。ただ、かなり大きくてかさばるため、魔法袋が発売されて以降は不人気な商品になっている。

貧乏なわりに研究道具や書物を大量に所有していた僕は、それらの品々を棚ごと保存するためにこのマジックボックスを複数所有していた。


「マジックボックスなら一階の研究室の一番左にあるのが空のはずだから使っていいけど……ウーニャ、一体なにを持って行くつもりなんだい？」

僕がそう言うと、ウーニャは苦笑しながら、

「え～っと……げ、現地に着いてからのお楽しみということにさせてくださいニャ……」

そう言うと、そそくさと戸のところへ駆け寄っていき、

「では。お借りしますニャ」

そう言って立ち去っていった。


……で、今である。

ウーニャは、馬車の中で、自分の腰につけている魔法袋と、前に置いているマジックボックスの中

身を入念に確認しているところだった。

「うにゅ……これはあるニャ、これも大丈夫にゃ……これはもう少し持ってきた方がよかったかニャ……」

そんなことをいいながら、ウーニャは首をひねり続けている。

……一体どれだけの物を持ってきたのだろう？

少し気になったけど、まぁ、ウーニャのことだからしっかり計画はしてくれていると思う。


「……どうかしたの、サファテ？」

馬車の中を気にしていたら、隣のエルデナが怪訝そうな表情を浮かべながら僕に声をかけてきた。

いつもの冒険者の服を着込んでいるエルデナは、湖に向かうということでか、麦わら帽子をかぶっているんだけど、それがとても似合っていた。


学生時代からの友人である彼女は、僕がグリード家を勘当されて以降、ずっと僕と行動を共にしてくれている。

エルデナ曰く、

『魔石の収集のついで』

と言っていたはずなんだけど……確かに時々魔石を収集したりしてはいるものの、彼女は王都に帰ると言い出す気配すらない。

僕としてはこのままエルデナと一緒に過ごしていきたいと思ってはいるんだけど、それはやはりわがままというものだろう……

「うん、湖だけど、エルデナが探している魔石が見つかるといいね」

「……そうね、それも楽しみではあるけれど」

そう言うと、エルデナがにっこりと微笑んだ。

「……せっかくなんだし、今回はみんなで息抜きが出来たらいいわね」

その笑顔に、思わずドキッとした僕は、少し声を裏返らせながら、

「そ、そうだね」

と返事を返すのが精一杯だった。

湖は、木の家から割と近い位置にあった。街道を北上し、その途中で森の中へと入っていく。木々の間に、不自然に開けている場所があり、そこを奥に入っていくと、程なくして湖へ到着することが出来た。

湖畔の少し開けている場所に馬をつなぎ、馬車を置いた。

水質を確認したところ、飲料用に使用出来るほど状態がよかった。森の中の水源は気をつけないと水底に堆積した木の葉などから発生した腐食物質の影響で毒素を有している場合もある……って、えらそうに言ってはいるんだけど、これはほとんど聞きかじりの知識でしかない。こうしてグリード家を勘当され、放り出されて初めて実践しているわけだ。

ここで一泊するつもりなので、コロックたちと遊ぶ前に少し準備をしておかないと……

そう思いながら振り返ると、

馬車の近くに大きな竈《かまど》が出来ていた。

「……え？」

石造りのかなりしっかりしたかまどである。周囲の石を集めてすぐに出来るような簡易なものではない。前からあったにしては真新しく、どう見ても今、そこに出現したとしか思えない。ちょっとびっくりしている僕に、ウーニャが笑顔で語りかけてきた。

「あ、ぼっちゃま、かまどの位置はこのあたりでよろしいですかニャ？」

ウーニャの足下には、荷馬車から降ろしたマジックボックスがあった。

あぁ……なるほど

その時、昨夜から疑問に思っていたことが解決した。

昨夜、ウーニャが荷物を入れるために魔法袋とマジックボックスを借りにきた。普通の荷物を入れるだけなら魔法袋があれば十分なはずなのに、なんでマジックボックスまで借りていったのかちょっと不思議だったんだけど……木の家で作成したこのかまどを収納して持ってきていたんだろう。

「ぼっちゃま、かまどの位置が問題ありませんでしたら、このあたりに調理場も出しますニャ。あと、みんなが休めるちょっとした小屋も設営しますニャ。あと……」

かまどの周囲を見回しながら、楽しそうに次々と言葉を続けていくウーニャなんだけど……一体ウーニャは、なにをどれだけ持ってきたのだろうか……

僕とウーニャがそんな会話を交わしていると。

「湖クマ～！」

「コロックちゃん待って～」

「コロックも、エーラも走ったら危ないわよー」

コロック・エーラ・オーラの順番で馬車から飛び出して来たかと思うと、そのまま一直線に湖に向かって駆けだしていった。

三人共水着に着替えている。真夏は過ぎているものの、泳ぐには十分な気温ではある。

僕がそんなことを考えている間に、三人はあっという間に湖の中へ水しぶきをあげながら駆け込んでいった。

「湖の奥になにがいるかわからないんだから、あんまり深くまでいっちゃダメだよ」

僕がそう声をかけていると、三人の側へエルデナが歩み寄っていき、その周囲に防壁魔法を展開してくれた。これで、もし湖の中に水生魔獣がいたとしてもその魔法防壁によって守られることになるので安心だ。

……しかし……


僕は、水辺に立っているエルデナに、思わず見とれていた。

パーカーを着ているんだけど、その下は水着姿だ。

正直な話……エルデナの水着姿を見たのは初めてかもしれない。お互い、夏や冬の長期休暇中も、研究室にこもって研究に没頭していたからなんだけど……

エルデナは白いワンピースの水着を着ている。スレンダーで女性的な体形のエルデナに、その水着はとても似合っていた。そんなエルデナに思わず目を奪われていた僕。

「ぼっちゃま、ここは引き受けますニャから、あちらで遊んで来てくださいニャ」

ウーニャが、嬉しそうに笑いながら僕の脇を突いてきた。

気のせいだろうか……ウーニャは時折、僕をけしかけるような行為をすることがある。

まだグリード家で暮らしていた時にも、

「ぼっちゃま、もしぼっちゃまがエルデナ様とご結婚なさったら、ウーニャをメイドとして雇ってほしいですニャ」

そんなことを口にすることが度々あった。

それもいいな、と思ったりしたことも無くは無かったんだけど……そもそも僕とエルデナは、結婚うんぬんを考える以前に、そもそも付き合っているわけじゃないし……そりゃ、時々エルデナが、僕にすごく顔を近づけてきたり、まっすぐ目を見つめてきたりした時には、アピールされてるのかな？……って思ったりすることもあるんだけど……もしそれが僕の勘違いで、勘違いのまま告白してしまい、エルデナとの関係がそこで終わってしまうことを、僕は心のどこかで恐れていたし、嫌がっていた……ずっと、エルデナと一緒にいたい……そう思ってはいるんだけど……ダメだな、僕は……この年にもなって子供みたいなことで悩んでいる気がしてならない……

「ほらほら、ぼっちゃま！」

「ちょ、ちょっとウーニャぁ!?」

ウーニャに押し出されるようにして、僕はエルデナの横へよたよたしながら近寄っていった。

そんな僕を、エルデナが微笑みながら見つめていた。

「……大丈夫？」

「あ、あぁ、ありがとう……大丈夫だよ」

僕は、そんなエルデナにバツが悪そうに苦笑した。

そんな僕たちの元に、コロックが駆け寄ってきた。

「ご主人さまも、エルデナも、一緒に遊ぶクマ！」

そう言うと、コロックは僕とエルデナの手を掴み、オーラとエーラが腰まで浸かって水をかけあっているところへと連れていった。

「あ、サファテ様、エルデナ様」

「水、冷たくて気持ちいいですね」

二人は、僕たちへ顔を向けながらにっこりと微笑んだ。

すると、コロックがいきなり水の中に飛び込んでいった。

しばらく水に潜っていたコロックは、

「ぷはぁ！」

と、勢いよく飛び出してきたんだけど、その口には大きな魚を咥えていた。

「もふもふもももももふは、もももももふは」

魚を咥えたまま、もごもご口を動かしていたコロック。

「コロック、なにか話したいのなら魚を口から放さないと、なにを言っているのかさっぱりわからないよ」

そう言われて、ハッとしたような表情を浮かべたコロックは慌てた様子で魚を手に持ち替え、

「魚もいっぱいいるクマ、おかずに出来るクマ」

苦笑しながらそう言い直した。

そんなコロックを苦笑しながら見つめていた僕なんだけど、確かにコロックの言うとおりだった。

水の中へ視線を移すと、たくさんの魚が泳いでいるのが見えた。

「そういえば、久しく魚も食べてなかったな……よし、僕も頑張って魚を捕まえてみるか」

僕はそう言いながら湖の中に手を突っ込んだ。

すると、コロックも、

「コロックも頑張るクマ！」

そう言って手を振り上げたんだけど、勢いよく手を上げ過ぎて、その手に掴んでいた魚が湖の中に落ちてしまった。

「く、クマぁ⁉」

大慌てして、その魚を追いかけていくコロック。

僕たちは、そんなコロックの様子に、思わず笑い声をあげながら、しばらくの間魚取りに夢中になっていた。


小黒熊人のコロックは、野生の勘とでもいうのだろうか……タイミングよく湖に潜っていっては魚を咥えて戻ってきていた。

僕も、岩の下に隠れていた魚を何匹か捕らえることに成功したものの、大した数にはならなかった。

オーラとエーラは、そもそも水に入ることが初めてだったそうで、魚取りよりも水の感触を楽しむことに夢中になっている様子だった。

エルデナは、弓を使って魚を仕留めようとしていたんだけど、やはり水中にいる魚相手では勝手が違い過ぎるようで、ほとんど仕留める事が出来ずにいた。

「コロックのおかげで、どうにか一人一匹は食べる事が出来そうだね」

そんな事を口にしていると、

「ぼっちゃま、ウーニャも魚を捕りますニャ、おかずですニャ」

宿泊の準備を終え、水着に着替えたウーニャが駆け寄ってきた。

魔法学園の指定水着のような藍色無地のワンピースを着ているウーニャは、すごい勢いで水の中に潜っていくと、コロック以上の速度で水の中を泳いでいき、一度に四・五匹の魚を仕留めていった。

「うわぁ……ウーニャ、すごいクマ」

その姿に、コロックも目を丸くしていた。


お昼は、ウーニャとコロックが捕まえてくれた魚を焼いておかずにすることが出来た。

焼き魚を初めて食べるオーラとエーラは、エルデナに食べ方を教わりながらおいしそうに食べていた。一方のコロックは、魚を頭からボリボリ食べて行くもんだから、大丈夫なのだろうかと逆に心配になってしまった。

僕もみんなと一緒に魚を食べた。

これまでも保存食の缶詰の魚は何度か口にしていた。ウーニャが一手間加えてくれていたのでそれなりにおいしかったんだけど、やはり取れたての魚をその場で焼いた物にはかなわないな、と、改めて実感していた。

「さぁさぁ、おかわりもありますニャ、みんないっぱい食べてくださいニャ」

竈の上に置いた網の上で魚を焼きながら、ウーニャが笑顔で声を上げている。ウーニャも、焼き上がった魚を時折口に含んでは頭からボリボリ食べていた。その姿を見ながら、僕は、

（小黒熊人も、猫人も同じ食べ方をするんだなぁ）

と、そんなことに感心していた。


かまどの横には、小さな小屋まで出来上がっていた。

ウーニャが、仮組みしていた資材をマジックボックスに入れて持ってきていたそうなんだけど……

ウーニャってば、昨夜一晩でどれだけの準備をしたのだろう……

小屋の中には人数分の布団がすでに準備されていた。

「さすがにお風呂や洗面所はないですニャけど」

「いやいや、これでも十分過ぎるよ」

ウーニャの手際の良さに、僕は改めて感心しきりだった。


昼食を終えた僕たちは、湖の周囲を散策した。水辺に生えている薬草を採取するためだ。

初めて訪れる場所なだけに、採取出来るかどうか心配だったんだけど、そんな僕の心配をよそに、水辺には多くの薬草が自生していた。

中には結構希少な薬草も見つけることが出来たので、いくつかは根っこごと掘り起こして持ち帰ることにした。木の家裏の畑に植えてみようと思っているんだけど、果たしてうまく育ってくれるだろうか……裏山から持ち帰った薬草もいくつかこうやって植えていて、それなりに成果があがっているだけに、僕的にはちょっと期待している。


僕とエルデナが薬草採取を行っている間、コロック・オーラ・エーラの三人は、ウーニャと一緒に森の中を散策していた。ウーニャの事を苦手にしていたコロックなんだけど、最近はオーラ達と一緒なら、割と普通に接する事が出来るようになっていた。

魔獣の気配がほとんどなかったので、みんな思う存分森の中を駆け回っていた。

ウーニャを鬼にしておいかけっこをしたりしていたんだけど、コロックたちはキャアキャア言いながら逃げ回っていた。ウーニャが本気で追いかければ、おそらく一瞬でみんな捕まってしまうはずだけど、そこはウーニャがうまく手を抜いてみんなの相手をしてくれていたようだ。


日が傾き始めたところで、僕たちは小屋まで戻っていった。

夕食は、ウーニャ指揮の元、エルデナ・コロック・オーラ・エーラの四人が調理を担当していた。

みんなわいわい楽しそうに調理をしていたんだけど、そんな中、エルデナだけは、気のせいか必死な形相をしているような気がしていた。


案の定というか……エルデナが焼いた魚は、真っ黒焦げになっていた……

「……そ、その……な、生焼けだと、危険だと思ったのよ……」

エルデナは、困惑しながらそう言っているんだけど……ウーニャの指示に従ったコロックたちの焼き魚がいい色に焼き上がっているだけに、その言葉には若干説得力がない気がした。

なんでもそつなくこなすエルデナなんだけど……どういうわけか料理だけは苦手にしているんだ……

木の家でもウーニャに教えてもらいながら練習に励んでいるんだけど、なかなか成果があがっていないらしい。

「エルデナ様も頑張ってくれてはいるニャ……」

ウーニャもそう言いながら苦笑するばかりだし……

そんなエルデナが焼いた魚は僕が食べた。

「……む、無理しなくてもいいのよ!?」

エルデナが焼いた魚を手に取った僕を、エルデナは目を丸くしながら見つめていたけど、せっかくエルデナが作ったものなんだし……

全部残さず食べた僕。そんな僕にエルデナは、

「……が、頑張るから、頑張ってるんだからね……その、今日はごめんなさい……それと、食べてくれて、ありがとう……」

そう言いながら何度も何度も頭をさげていた。気のせいか、その頬が少し赤く染まっていたような気がしたんだけど……

夕食の後片付けを終えると、コロックたちが目をこすりはじめたのですぐに寝る準備を整えていった。

湖の水で歯を磨き、顔を洗ったコロック・オーラ・エーラの三人は小屋の中の布団に入るなり寝息を立てはじめた。今日は朝から夕方までいっぱい遊んだわけだし、よほど疲れたのだろう。

僕・エルデナ・ウーニャの三人は、交代で火の番をすることにした。

昼間は魔獣の気配がなかったとはいえ、肉食の大型魔獣の多くは夜中に活動する種族が少なくないだけに、念には念を入れているわけだ。

くじ引きの結果、僕が夜半まで火の番をすることになった。

その後、ウーニャ・エルデナの順番で交代することになっている。

僕は、ウーニャの作ったかまどに、森で集めた木の枝などをくべながら周囲を見回していた。

昼間、コロックたちの歓声が聞こえていた湖も、今は静まりかえっている。

竈の近くにある倒木に腰掛けた僕は、夜空を見上げた。

そこには、一面の星空が広がっている。


「……隣いいかしら？」

そんな僕の背後からエルデナが声をかけてきた。

「どうしたんだいエルデナ、まだ交代の時間には早いんじゃ……」

懐中時計を取り出した僕は、針の位置を確認しながらエルデナに声をかけていく。

エルデナは、僕の言葉に笑顔を返すと、

「……ちょっと眠れなくて……年甲斐もなく、楽しくて興奮しちゃったのかもね」

そう言いながら僕の横に腰を下ろした。

僕とエルデナは、一緒に星空を見上げていった。


二人きりで、こうして星空を見上げている……

僕は、心なしか自分が緊張しているのを感じていた。

すると、そんな僕の肩に、エルデナが頭を乗せてきた。

「……え？」

エルデナへ視線を向けると、目を閉じて寝息を立てていた。

その無防備な寝顔に、思わずドキッとしてしまう。

思えば……エルデナには迷惑をかけっぱなしだ。

僕たちと一緒にいなくてもいいはずなのに、ずっと木の家に残って、僕たちの手助けをしてくれている。

僕は、自分用に準備していた毛布をエルデナの肩にかけた。

そのまま僕は星空を見上げていた。


この先、僕たちがどうなっていくのか……先のことは全くわからない。

今は、毎日暮らしていくのに精一杯だしね。

でも、僕はみんなと一緒に頑張って行こうと思っている。

出来ることなら……エルデナとも、こうして肩を寄せ合いながら……

僕は、眠っているエルデナの肩をそっと抱き寄せた。

エルデナのぬくもりを感じながら、僕は星空を見上げ続けていた。

あとがき

この作品を、先日不慮の事故でお亡くなりになられました牧原のどか先生に捧げますとともに先生のご冥福を心からお祈り申し上げます。


この度は、この本を手にとっていただきまして本当にありがとうございます。

本作品「フロンティアダイアリー　～元貴族の異世界辺境生活日記」は第五回ネット小説大賞の受賞作となっております。この賞を受賞出来ましたのも、ウェブ連載開始当初から応援してくださった皆様のおかげでございます。この場をお借りいたしまして御礼申し上げます。本当にありがとうございました。

また、この作品は私が「小説家になろう」で初めて連載を始めた作品でもあります。

昔、原稿用紙に書いたりワープロで執筆を行っていた時代から結構なブランクの後に始めた連載だったものですから、最近の流行などがまったくわからないまま手探りであれこれ書き進めていたのも今では懐かしい思い出です。

この作品は、私が学生時代から設定を温めてきたワールド・オブ・パルマというファンタジー世界の物語になっています。

昔からこういった世界を構築するのが大好きだったものですからやたらと設定が細かかったり、ユニークな設定の種族がいたりと、あれこれ多種多様な要素を盛り込んだまるでおもちゃ箱のような世界になっている気がしております。

そんな世界で、本作品の主人公サファテは、自分が正しいと信じたことを口にし、実行し、その結果大いなる挫折を味わうことになるわけですが、それでもくじけることなく、仲間達と一緒に頑張っていきます。

サファテ一人では出来ないことでも、それを仲間達と一緒に克服し、そして次に進んでいく……そんな物語に仕上がっている本作品が皆様に気に入って頂けたようでしたら本当に嬉しく思います。

サファテ・エルデナ・コロック・オーラ・エーラ・フォルデンテ・サラ

このメンバーがこの先どのような日々を過ごし、どのような日記を綴っていくのか……皆様がその先を楽しみにしていただける作品でありたいと心から願っている次第です。

最後に、素敵なイラストを描いてくださった狂zip様、出版に関わってくださった一二三書房の皆様やその他関者の皆様、そしてこの本を手に取ってくださった皆様に心から御礼申し上げます。

二〇一七年十月　鬼ノ城ミヤ

転生貴族の
異世界
～自重を知らない神々の使徒～
冒険録
著者：夜州　イラスト：よつば
神様、このステータスは
やりすぎ！
です！
「小説家になろう」発
第5回
ネット小説大賞期間中
受賞作
©Yashu

墓守《はかもり》は意外《いがい》と
やることが多い
Written by YATOGI
やとぎ
ILLUSTRATION by
Genyaky
1
凶悪なアンデッドが発生する
国営墓地を舞台に
最強アンデッドスレイヤーが
無双する爽快ファンタジー！
©Yatogi

異世界に転生したので
日本式城郭を
つくってみた。
異世界で日本の城を
築城!?!?
著◆リューク
絵◆村カルキ
©Ryu-ku

レベルリセッター
クリスと迷宮の秘密 1
著者：ブロッコリーライオン
イラスト：saraki
今日も元気に迷宮探索!!
レベルとスキルのエクスチェンジ!
©Broccoli lion

フロンティアダイアリー
～元貴族の異世界辺境生活日記

発 行
2017 年 10 月 15 日 初版第一刷発行

著 者
鬼ノ城ミヤ

発行人
長谷川 洋

発行・発売
株式会社一二三書房
〒 102-0072 東京都千代田区飯田橋 2-14-2 雄邦ビル
03-3265-1881

デザイン
Okubo

印 刷
中央精版印刷株式会社

作品の感想、ファンレターをお待ちしております。

〒 102-0072 東京都千代田区飯田橋 2-14-2 雄邦ビル
株式会社一二三書房
鬼ノ城ミヤ 先生／狂 zip 先生

Printed in japan, ISBN 978-4-89199-462-4

※本書は小説投稿サイト「小説家になろう」（http://syosetu.com/）に
掲載された作品を加筆修正し書籍化したものです。